할머니들의
비키니 여행

할머니들의
비키니 여행

글 펑수화 * 그림 도아마 * 옮김 류희정

웅진주니어

차 례

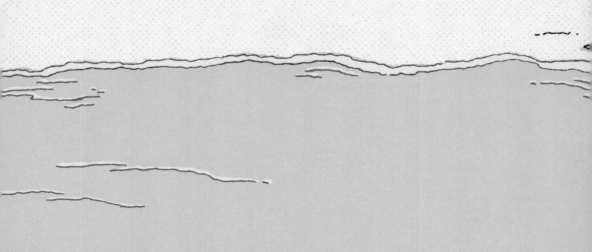

프롤로그

이 이야기는 네 명의 할머니들에 관한 이야기다. 할머니들은 매일같이 초등학교 앞에서 손주들의 하교를 기다리다가 서로 알게 됐다(먼저 여러분에게 양해를 구할까 한다. 할머니들이 워낙 사투리와 표준어를 섞어 쓰다 보니, 그때마다 무슨 뜻인지 가능한 한 쉽게 설명할 텐데, 나도 할 말이 많다 보니 조금 산만할지도 모른다.).

올해 6월 말, 이런저런 이유로 할머니들은 비밀리에 어떤 일을 꾸미게 됐고, 여름 방학 첫날, 집단으로 실종되고 말았다!

수위안 할머니는 이름과 십 원의 중국어 발음(스위안)이 비슷해서 '십원'이란 별명이 생겼고, 나도 다른 사람들을 따라 십원 할머니라고

★실종 인물 1★

이름응 류수위안, 별명은 '십원'.

성별응 여자.

나이응 70세.

가족 관계응 남편과 사별.
1남 2녀의 자녀가 있으며,
현재 아들 부부 및 손자와
함께 거주 중.

부른다.

십원 할머니는 우리 오빠 친구인 쉬수웨이의 할머니다. 할머니는 나를 볼 때마다 "카이팅, 아이고 귀여워라!"라며 내 볼을 꼬집는다. 난 참 이해가 안 된다. 그냥 귀엽다고 말하면 되지, 왜 굳이 꼬집는 걸까? 식물 중에 잎과 줄기가 통통한 '다육 식물'이 있다면, 나는 따지자면 '다육 동물' 같은 존재이긴 하다. 하지만 그게 뭐 어때서? 가장 짜증 나는 일은 십원 할머니가 내 볼을 꼬집고 나면 꼭 이런 말을 덧붙인다는 거다.

"토실토실 뽀얗고 보드라운 게 꼭 찐빵 같네!"

십원 할머니는 자기 얼굴이 어떤지는 생각하지 않는 걸까. 할머니도 둥글둥글 차지고 반질반질한 게 꼭 만두처럼 생겼으면서! 그래도 십원 할머니가 딱히 싫은 점은 없다. 할머니가 내 뺨 쪽으로 손을 뻗기 전에 우리 할머니 뒤로 얼른 숨어 버리면 그만이니까.

십원 할머니만의 특징은 하나 더 있다. 내가 오래 할머니를 봐 와서 안다. 할머니의 얼굴에는 마치 비 오는 날 유리창처럼 언제나 작은 땀방울이 송골송골 맺혀 있다. 땀방울들은 크기가 점점 커지다가 마지막에 아래로 흘러내리는데, 이마에 있던 땀이 자꾸 눈으로 들어가는 통에 할머니는 항상 눈을 깜빡인다. 때로는 왼쪽 눈을, 때로는 오른쪽 눈을 깜빡거리기 때문에 꼭 비밀 신호라도 보내는 것 같다.

나와 오빠는 십원 할머니의 땀방울을 두고 내기하기를 좋아했다. 어느 땀방울 하나를 정해 놓고 언제 흘러내리는지 시간을 맞히는 내기다. 그걸로 내가 아이스크림을 따낸 게 한두 번이 아니다. 아무래도 내가 할머니를 만날 기회가 더 많은 데다, 몸집은 커도 성격이 섬세한 편이다 보니, 오빠보다는 관찰력이 훨씬 뛰어났기 때문일 거다. 다만 십원 할머니가 손에 쥔 손수건이 변수여서 좀 성가시긴 했다. 작은 땀방울들이 하나로 합쳐져서 몸집을 불리다가

금방이라도 또르르 굴러떨어지려는 결정적인 순간, 할머니가
손수건으로 닦는 바람에 땀방울이 아예 사라져 버릴 때가 있었다.
우리가 안타까운 마음에 발을 동동 구르면 할머니는 꼭 이랬다.

"아니, 애들이 왜 이래!"

또 한번은 우리가 십원 할머니를 너무 뚫어지게 쳐다보는 바람에
할머니가 갑자기 그 커다란 얼굴을 내게 바짝 들이댄 적도 있었다.

"너희 둘, 뭘 그렇게 쳐다봐? 내 얼굴에 밥풀이라도 붙었냐?"

그 순간 할머니의 땀방울들이 내 얼굴에 흩뿌려졌다. 바로 닦아
버리고 싶었지만 예의가 아닌 것 같아서 찝찝해도 꾹 참았다.

십원 할머니는 할머니들 사이에서 일을 이끄는 대장이었다. 십원
할머니가 무언가를 제안하면 다른 할머니들은 대부분 받아들였다.

이번 집단 실종 사건 역시 십원 할머니가 만들어 낸 작품이다.
그렇다고 오롯이 십원 할머니만의 탓이라고 할 수는 없는 게, 아주
할머니의 가슴에 '몹쓸 것'이 생겨서 시작된 일이기 때문이다. 아주
할머니의 소식을 듣고 할머니들 모두가 놀랐지만 십원 할머니는 특히
큰 충격을 받았다. 올해 일흔 살이 된 십원 할머니는 남은 생에 다음
십 년이 있을지 장담할 수 없다며 탄식했다. 그래서 마음에 담아
두기만 했던 생각을 행동에 옮기기로 한 것이다.

* 실종 인물 2 *

이름응 리 슈주, 별명은 '아주'.
성별응 여자.
나이응 68세.
가족 관계응 남편은 자오 쿼슝,
　　　　자녀는 3남 2녀이며,
　　　　둘째 아들 부부 및 손녀 둘과
　　　　함께 거주 중.

한 달 전쯤 보건소에서 여성 건강 검진 행사를 했다. 아주 할머니가 거기서 유방 초음파 검사를 받았는데, 오른쪽 가슴에서 일 센티미터 정도의 덩어리가 발견됐다.

아주 할머니는 지난 몇십 년간 건강 검진을 받은 적이 한 번도 없었다. 원래 이번에도 안 갈 생각이었다. 그러다가 보건소 직원이 하도 전화해서 권유하자 거절하기 미안해서 어쩔 수 없이 간 것이다. 그런데 하필 이번 검사로 마른하늘에 날벼락을 맞게 될 줄이야.

보건소 직원은 할머니더러 큰 병원에 가서 정밀 검사를 꼭 받아 보라고 일렀다. 상황에 따라 조직을 떼어 내 암인지 아닌지 검사해야 할 수도 있다고 했다. 또 할머니의 가족력에 암 유전 인자가 있으니 설사 악성 종양이 아니더라도 예방 차원에서 아예 제거하는 게 좋겠다는 말도 덧붙였다. 말하자면, 가슴을 떼어 버려야 한다는 뜻이었다.

이 일 때문에 요즘 아주 할머니는 틈만 나면 눈물을 훔치거나 한숨을 푹푹 내쉬었다.

"이럴 줄 알았으면 검사받으러 안 갔을 텐데! 몰랐으면 잘만 살았을 걸, 알고 나니 되레 괴로워서 못 살겠네. 이게 다 그 보건소 아가씨 때문이야!"

내가 보기엔 보건소 직원은 아무 잘못이 없는데, 어째서 욕을 먹는 거지?

더 이상한 일은 그다음에 일어났다. 할머니들은 아주 할머니를 위로하며 이런 대화를 나눴다.

"설령 진짜 '몹쓸 것'이 생겼어도 떼어 내면 돼. 그래도 오래 사는 데 지장 없을 거야. 재발하지 않는 사람도 많더라고!"

아주 할머니의 울음소리가 더 커졌다.

"가슴을 떼어 낸 여자를 여자라고 할 수 있어? 게다가 항암 치료가 그렇게 끔찍하다던데 차라리 깔끔하게 죽고 말지!"

말을 마친 아주 할머니가 흐느끼더니 이내 대성통곡하기 시작했다.

나는 이해가 안 가는 대목이 한두 군데가 아니었다. 아주 할머니는 죽는 건 두렵지 않다면서 항암 치료는 왜 겁내는 걸까? 그리고 가슴이 없어지는 게 왜 두렵지? 가슴이 없으면 여자가 아닌가? 그럼 어때서? 난 내 가슴이 끔찍하게 싫은데! 요즘 난 옷을 입으면 그 위로 작은 돌기 두 개가 볼록 도드라져서 또래 여자애들과 확연히 차이가 났다. 혹시 그걸 누가 눈치채기라도 할까 봐 일부러 등을 구부정하게 숙이고 다녔다. 하지만 감추려고 할수록 눈에 더 잘 띄는 법. 못된 남자애들 몇몇이 내게 '빅 버블티'(타피오카 펄의 크기가 큰 버블티인데, 여기서 '빅 버블'은 중국어로 여성의 큰 가슴을 뜻하는 속어로도 쓰인다.)란 별명을 붙였다. 또 하필 선생님은 줄을 설 때마다 "린카이팅! 고개 들고 가슴 펴!"라며 고함을 치는 통에 창피해 죽을 것만 같았다.

심지어 최근엔 가슴이 종종 결리기까지 했다. 이따금 가려울 때도 있는데, 긁자니 무언가 이상하고 안 긁자니 불편해서 그때마다 몸 둘 바를 모르겠다. 가슴이 없으면 얼마나 편할까. 아니면 차라리 남자가 되어 버리든지.

어쨌거나 요새 아주 할머니는 우울해하며 이렇게 탄식하곤 했다.

"젊은 시절엔 애들 키우며 먹고사느라 정신없었고, 나이 들어선 돈 번다고 바쁜 자식들 대신해 손주를 돌봤건만……. 이제 겨우 호강할 날이 오나 보다 싶었는데 가슴에 몹쓸 것이 생기다니. 만에 하나 진짜 암이면 난 그냥 한평생 남을 위해 살다 가는 거네!"

그 말을 듣고 할머니들은 모두 놀란 기색이었다. 십원 할머니가 말했다.

"사람 일은 모르는 거지."

다음 날벼락은 누구에게 떨어질지 알 수 없으니까. 그래서 이번 일을 꾸미게 된 거다.

우리 할머니는 존재감이 약한 사람이다. 좋게 말하면 성격이 좋은 거고, 나쁘게 말하면 물렁하고 자기주장이 없다고 할까. 할머니가 가장 자주 하는 말이 "누가 그러는데……."이다. 이번에도 할머니는 아주 할머니의 가슴에 나쁜 게 생겼다는 말을 듣고 열 가지가 넘는 민간요법을 수소문해 왔다. 누가 그러는데 이 약을 먹고 나았다더라, 또 누구는 저 약을 먹고 종양이 싹 사라졌다더라 하고 말이다. 그중 가장 황당한 얘기는 지네 가루로 만든 약을 먹어 보라는 거였다.

* 실종 인물 3 *

이름: 천쭈잉(우리 할머니).

성별: 여자.

나이: 70세.

가족 관계: 남편은 린즈밍,

　　　　자녀는 2남 2녀이며,

　　　　큰아들 부부 및

　　　　손자, 손녀(나)와 함께 거주 중.

독은 독으로 다스려야 한다나? 세상에! 길이가 십 센티미터가 넘는
지네라니. 상상만 해도 온몸에 소름이 끼쳐서 입안에 넣기도 전에
까무러칠 것 같았다.

　우리 할머니에게는 이런 단점 말고도 작은 문제가 하나 더
있었다. 굉장히 독실한 불교 신자라는 점이다. 물론 종교가 있는 게
나쁘다는 말은 아니다. 다만, 할머니는 늘 염주를 손에 쥐고 불경을
외우는 데다 내가 못된 말을 할 때마다 "아미타불, 아미타불! 입으로

죄를 지으면 안 된다." 하면서 염불을 멈추지 않는다. 마치 내가 꼭 지옥에라도 떨어질 것처럼 말이다.

그런 점만 빼면 우리 할머니는 마음씨도 곱고 요리 솜씨도 훌륭하다. 내가 '다육 동물'이 된 데에는 다 이유가 있다. 한 상 가득 진수성찬을 차려 준 사람에게 보답하는 최고의 방법은 남김없이 깨끗이 먹어 치우는 거니까.

물론 내가 '다육 동물'이 된 데에는 할아버지의 공도 크다.

할아버지는 성격이 할머니와 정반대다. 권위적이고 고집불통이라 남의 말은 절대 듣지 않는다. 목청 큰 할아버지가 입에 달고 사는 말이 있는데, 바로 "헛소리하고 있네!"다. 한번은 같이 티브이를 보고 있는데 할아버지가 엄청 크게 방귀를 뀌길래 내가 말했다.

"할아버지! 엉덩이가 헛소리하고 있네요."

할아버지는 멋쩍었는지 버럭 화를 내며 나더러 어디서 할아버지를 욕하느냐고 나무랐다. 정말 어이가 없었다. 온종일 남을 욕하는 사람이 누군데. 난 그저 상황을 묘사한 것뿐인데도 역정을 내다니. 아니면 뭐 "할아버지 엉덩이가 노래를 부르고 있네요."라고 했어야 하나?

사실 그보다 더 듣기 싫은 말이 하나 더 있다.

"살찌라는 돼지는 삐쩍 마르고 쓸데없이 개가 살이 오른다더니, 네가 아들이면 얼마나 좋겠냐!"

할아버지가 말하는 '살'의 의미가 몸무게가 아니란 건 나도 안다. 내가 오빠보다 똑똑한 것을 가리키는 거니까. 그런데 여자가 남자보다 좀 뛰어나면 안 되나? 왜 남자만 가문을 빛낼 수 있지? 나는 뭐 다리 밑에서 주워 오기라도 했냐고!

할머니한테 불같은 성미라고 불리는 할아버지지만, 그렇다고 나를 아끼지 않는 건 아니다. 할아버지는 나를 혼내고 나면 늘 후회했다. 다만 사과하는 게 쑥스러워서 그 대신 맛있는 간식을 내 책상 위에 슬그머니 올려놓았다. 그러니까 내가 '다육 동물'이 되는 데 할아버지도 한몫한 셈이다.

할아버지와 할머니를 보면서 난 항상 궁금했다. 두 분은 대체 어떻게 부부가 됐을까? 상냥한 할머니에게 반한 할아버지가 할머니를 부인으로 데려왔나? 아니면 할아버지와 결혼한 뒤에 할머니가 그렇게 바뀐 걸까? 어쨌거나 둘은 성격이 달라도 너무 다르다.

우리 할아버지가 어떤 분인지 언급하는 데엔 특별한 이유가 있다. 엄밀히 말해, 이번 일과 관련하여 다른 할머니들은 모두 떠나는 데 가족의 동의를 얻었지만, 우리 할머니만 '실종 인물'이 되었기 때문이다. 물론 다른 할머니 한 분도 실종이라고 말할 순 없지만 그렇다고 가족의 동의를 얻은 건 아닌데, 그 얘긴 차차 하겠다.

원래 우리 할머니는 이번 일에 끼지 않으려고 했다. 하기 싫어서가 아니라 할아버지가 화낼까 봐 무서워서였다. 하지만 결국 십원 할머니의 줄기찬 설득에 넘어갔고, 평생을 통틀어 가장 용감한 행동인 '가출'이란 걸 하게 됐다.

사실 난 할머니의 작전에 전적으로 찬성한다. 이 얘기는 출발하기 며칠 전으로 거슬러 올라간다.

그날, 저녁을 먹은 뒤 할머니는 언제나처럼 설거지를 마치고 나서야 우리와 함께 드라마를 보기 시작했다. 할머니는 "어, 어어, 음……." 하며 한참 뜸을 들이더니 이렇게 한마디를 던졌다.

"이틀 뒤에 친구들이랑 며칠 놀러 갔다 오려고."

하지만 다들 드라마에 푹 빠져서 아무도 할머니의 말을 귀담아듣지 않았다.

"할머니, 어디 가시게요? 나도 갈래요!"

내가 말했다.

"늙은 할미들끼리 여행 가는데 쪼그만 게 따라가서 뭐 하게?"

"몰라요, 무조건 같이 갈 거예요!"

"가만히 있어 봐."

십 분쯤 지났을까, 광고 시간이 됐다.

"어머니! 방금 뭐라고 하셨어요?"

아빠가 대뜸 물었다. 시선은 여전히 화면에 꽂힌 채였다.

"그게……."

할머니가 말을 끝내기도 전에 아빠가 엄마를 툭 쳤다.

"여보, 광고하는 틈에 과일 좀 꺼내 와."

"그러니까…… 내가……."

"어머니!"

엄마가 냉장고 문을 열면서 할머니에게 말했다.

"과일이 거의 다 떨어졌네요. 내일 좀 사 놔야겠어요. 수박도 잊지
마시고요. 카이팅이 수박을 좋아하잖아요."

"그, 그래!"

할머니가 대답했다. 그때 드라마가 다시 시작됐고 엄마가 얼른
달려와 소파에 앉았다.

"금세 시작하네! 과일은 이따 잘라야지."

할머니가 조용히 일어나 주방으로 향했다. 잠시 후, 할머니는
자주색 용과 한 접시를 들고 나와 거실 탁자 위에 놓고는 방으로

들어갔다.

"으아아아악!"

드라마에 나오는 여자가 차에 치여 몸이 붕 떴다. 그리고 공중에서 두 바퀴를 돌더니 도로 한가운데에 떨어졌다.

"아이고, 남의 재산 빼앗더니 저렇게 천벌을 받네!"

흥분한 할아버지가 무릎을 치며 말했다.

"그러니까요! 저 여자는 저래도 싸요!"

엄마의 눈이 금방이라도 튀어나올 듯했다.

"조용히 좀 보면 안 돼요?"

오빠가 말했다.

지금껏 주의 깊게 본 적이 없었는데, 할머니의 뒷모습이 어쩐지 조금 짠해 보였다.

***

다음 날 온 가족이 식탁에 둘러앉았을 때 할머니가 또 말을 꺼냈다. 그 순간 할아버지의 젓가락이 닭고기 한 점을 집은 채로 허공에 얼어붙었다.

"뭐? 며칠 놀러 갔다 와? 그럼 살림은 어쩌고? 손자 등하교는 또 누가 챙겨?"

할아버지가 물었다.

"저도 이제 6학년이에요. 혼자서도 학교 다닐 수 있어요!"

오빠가 말했다.

"안 돼! 요즘 세상이 얼마나 험한데……."

엄마가 말을 끝내기도 전에 오빠가 받아쳤다.

"에이! 학교 끝나면 애들 다 우르르 몰려나오는데 누가 뭘 어쩌겠어요? 게다가 전 덩치도 크잖아요. 그런 건 꼬맹이들한테나 필요한 거라고요."

"지금 간다는 게 아니라, 여름 방학까지 기다렸다 떠날 거야."

할머니가 말했다.

"어머니, 퇴행성 관절염 때문에 많이 걷지도 못하시잖아요. 그냥 제가 휴가 낼 때까지 기다리시면 어때요? 그때 다 같이 놀러 가요!"

아빠가 말했다.

"무릎 연골 주사를 맞았더니 지금은 별로 아프지도 않다. 그리고 어디 멀리 가지도 않을 테니까 괜찮아!"

"하여간 여자들이 아무것도 모르면서! 여행 가는 게 어디 그리 쉬운 줄 알아?"

할아버지의 닭고기는 아직 입안으로 들어가기 전이었다.

"하지만 십원이 그러는데……."

할머니가 말했다.

"다 헛소리라고! 그 친구랑 그만 좀 어울리라니까!"

할아버지가 버럭 흥분하는 바람에 젓가락에 걸려 있던 닭고기가
툭 하고 식탁 위로 떨어졌다가 데굴데굴 굴러 바닥에 나동그라졌다.
노릇노릇 바삭하게 튀긴 그 닭고기 튀김을 보면서 난 문득 어젯밤
드라마 속 장면을 떠올렸다. 저 닭고기는 남의 재산을 빼앗지도
않았는데 그 못된 여자와 같은 최후를 맞이하다니.

그 뒤로 할머니는 여행 얘기를 다시 꺼내지 않았다. 하지만 똑똑한
나는 확신했다. 이 일이 절대 흐지부지될 리 없다고.

내가 앞서 실종일 수도 있고 아닐 수도 있다고 말한 할머니는 바로
수뉘 할머니다. 이번 사건에 수뉘 할머니가 난데없이 툭 뛰어나왔기
때문이다.

수뉘 할머니는 우리 옆 아파트에 산다. 할머니의 남편은 일하느라
중국에 가 있고, 할머니는 현재 아들 가족과 함께 사는데 사이가

별로 안 좋다. 우리 할머니 말에 따르면, 수뉘 할머니는 며느리랑
한집에 살면서 온종일 몇 마디도 나누지 않는다고 했다.

하교 시간이 되면 수뉘 할머니는 손녀를 데리러 간다는 핑계로
사람들과 얘기하러 나왔다. 야주 언니의 엄마와 수뉘 할머니가 교문
앞에 동시에 나타난 적도 많았다. 그때마다 둘은 그저 "어! 너도
왔냐!", "어! 어머니도 오셨어요!"라는 말만 던지고는 돌아서서 자기
친구들과 얘기하기 바빴다. 수뉘 할머니는 눈을 흘기기까지 했다.

가끔은 둘 다 안 나오는 날도 있었다. 그럼 야주 언니는 "야호!" 외치고는 우리와 함께 신나게 집까지 걸어갔다.

수뉘 할머니는 아들 부부가 자기에게 무심하다며 우리 할머니에게 자주 하소연했다. 심지어 자기가 안 보여도 나 몰라라 한다고 말이다. 그러니까 수뉘 할머니를 실종 인물로 쳐야 할지 말아야 할지 사실 나도 단정 짓기 어렵다. 그 사람이 어디에 있는지 알고 싶은데 도저히 찾을 수 없을 때 실종이라고 하는 거 아닐까?

수뉘 할머니에 대해 말하자면 할머니의 외모부터 설명해야 한다. 음, 뭐라고 하면 좋을까? 한마디로 변화무쌍하달까. 먼저 눈썹부터 얘기하면, 수뉘 할머니의 눈썹은 매일 모양이 다르다. 어떤 날은 두껍고, 어떤 날은 가늘고, 어떤 날은 휘었다가 또 어떤 날은 한껏 치켜 올라가 있다. 심지어 색깔도 조금씩 다르다. 눈썹이 매일 다른 옷을 입는 것처럼 말이다. 머리카락도 그렇다. 난 수뉘 할머니가 까맣게 염색한 것도 본 적 있고 커피색으로 염색한 것도 봤다. 한번은 안 좋은 염색약을 쓴 탓에 두피에 염증이 생겨서 한동안 염색을 못 한 적이 있었다. 그땐 머리가 뿌리는 하얗고 끄트머리는 새까맸다. 언젠가 집에서 전통 인형극을 보다가 우리 할머니가 문득 티브이 화면을 가리키며 말했다.

"수뉘 머리도 흰색 반, 검은색 반인데. 저기 나가서 '흑백 낭군님' 역할해도 되겠네!"

수뉘 할머니라면 인형을 연기할 수 있을 것 같다. 수뉘 할머니는 일흔이 머지않은 나이지만 얼굴에서 미끄럼을 탈 수 있을 만큼 피부가 매끄럽다. 모기가 와서 한 방 물려고 해도 미끄러지지 않게 다리에 힘부터 줘야 할 거다.

물론 이 정도의 이유로 수뉘 할머니가 인형극에 출연할 만하다고 말하는 건 아니다. 결정적인 이유는 이따금 할머니의 표정이 마치 나무 인형처럼 경직돼 있다는 거다. 어떤 감정 상태든 표정이 똑같아서 솔직히 난 조금 섬뜩하다. 엄밀히 말하면 아무런 표정이 없는 거겠지만. 더 섬뜩한 건 이목구비가 조금씩 위로 당겨져 있다는 점이다. 수뉘 할머니가 웃을 때면 눈은 올라가고 입술은 벌어지는데 피부는 팽팽하게 굳어 있다. 누가 봐도 무섭지 않을까?

수뉘 할머니가 막 보톡스 주사를 맞고 왔다며 우리 할머니에게 신나서 자랑한 적이 있다. 그때 우리 할머니는 안쓰러워하며 말했다.

"불쌍해라. 얼굴에 독이 오른 거였구나."

그 말을 듣고 화가 난 수뉘 할머니가 사정없이 눈을 흘겼다.

"너무 무식한 거 아냐? 이거 미용 시술이야! 주사 한 방에 20만원이나 한다고!"

수뉘 할머니가 손가락 두 개를 힘주어 흔들며 말했다. 하지만 그런 주사 따위 쓸데없다고 생각하는 우리 할머니는 그저 돈이 아까울 따름이었다.

"20만 원? 그 돈이면 차라리 토종닭 열 마리를 사지."

아무래도 얼굴 근육이 경직된 탓에 기분을 정확하게 표현하기 어려워서인지, 수뉘 할머니는 유독 눈동자를 기민하게 움직였다. 또 표정 때문에 주름살이 생길까 봐 눈가를 손가락으로 꾹꾹 누르면서 얘기하고는 했다. 그때마다 습관적으로 새끼손가락은 위로 치켜세우고 주로 다른 손가락 세 개를 썼다. 수뉘 할머니는 새빨간 매니큐어를 즐겨 발랐다. 그러니까 내 말은, 수뉘 할머니의 얼굴에 새빨간 점이 몇 개가 붙었는지를 보면 할머니가 얼마나 흥분했는지 알 수 있다는 뜻이다.

게다가 수뉘 할머니는 성격도 특이했다.

십원 할머니는 수뉘 할머니 얘기가 나올 때마다 온갖 사투리와 속담으로 할머니를 묘사하곤 했다. '밴댕이 소갈머리'라거나, '빈 수레가 요란하다'라거나, '뱁새가 황새 따라하다 가랑이 찢어진다'까지. 그게 대체 무슨 뜻인지는 잘 모르겠지만 적어도 두 할머니가 서로

싫어하는 건 확실했다. 할머니들이 모여서 수다를 떨 때도 두 분이
대화하는 일은 거의 없었고 어쩌다 몇 마디 오가더라도 항상 날이 서
있어서 공기마저 싸늘할 정도였다.

사실 십원 할머니만 그런 게 아니라 나도 수뉘 할머니를 별로
좋아하지 않았다. 나를 볼 때마다 '또' 살쪘다고 말하거나, 아니면
성적은 어떤지, 이번 시험에서 몇 점 받는지, 반에서 몇 등이나
하는지 묻기 때문이었다. 막상 내가 1등이라고 대답하면 수뉘
할머니는 눈을 치켜뜨며 "쯧쯧쯧." 하고 혀를 찼다. 그러면서 위로라도
건네는 듯 이렇게 내뱉었다.

"카이팅! 암, 그래야지. 공부만 잘하면 좀 뚱뚱해도 괜찮아!"

진짜 어이가 없었다. 성적이 좋고 나쁜 거랑 뚱뚱한 거랑 무슨
상관이람? 못생긴 여자는 열심히 공부해야 하고 예쁜 여자는
멍청해도 괜찮다는 건가? 내 몸의 살점이라도 떼어서 수뉘 할머니에게
던지고 싶었다. 아니면 우리 할아버지가 입버릇처럼 하는 그 말로
반격하거나. 하지만 난 교양 있고 예의 바른 어린이니까 그냥
넘어가기로 했다.

상황이 이런데도 어떻게 수뉘 할머니가 이번 일에 함께하게 됐냐면,
그건 아무래도 우리 할머니의 탓이라고 할 수 있다.

수뉘 할머니는 우리 할머니를 가장 친한 친구로 여겼다. 그래서 맨날 우리 할머니를 붙들고 온갖 하소연을 늘어놨다. 자기가 부자라서 남이 질투한다는 둥, 아들 부부가 말을 안 듣는다는 둥 하고 말이다. 사람들이 품격이 떨어진다며 꼬치꼬치 따지며 남의 흉을 보기도 했다. 사실 둘은 서로 말이 통한다기보다 우리 할머니가 일방적으로 들어 주는 거다. 심지어 우리 할머니는 경청하며 고개를 끄덕이는 것도 모자라 적절한 순간에 "응응, 아하!"는 기본이고 "그렇구나!", "정말?" 하고 추임새까지 넣었다. 그래서 수뉘 할머니는 우리 할머니가 자기를 누구보다 잘 이해해 준다고 믿었다.

수뉘 할머니와 정말 친하냐고 내가 우리 할머니에게 물은 적이 있다. 그때 할머니가 이렇게 답했다.

"아이고! 친하고 말고 할 게 뭐가 있어! 남이 얘기하는데 안 들어 주기 미안해서 그런 거지!"

우리 할머니는 바로 그런 사람이다.

이번에도 그랬다. 원래 다른 할머니들이 몰래 계획을 세웠는데 영리한 수뉘 할머니가 눈치를 챈 것이다. 수뉘 할머니는 자기가 다가가면 다들 긴장하는 눈빛이 역력하고 서둘러 화제를 바꾼다는 걸 느끼고는 뭔가 꿍꿍이가 있는 게 틀림없다고 생각했다. 그래서 기회를 엿보다가 넌지시 우리 할머니를 떠보기에 이르렀다.

우리 할머니는 흰 도화지처럼 단순해서 누가 조금만 밀어붙여도 아는 대로 술술 불어 버린다. 그리하여 수뉘 할머니가 계획에 없던 일행으로 끼게 됐고, 그 일로 십원 할머니는 노발대발했다. 우리 할머니는 그저 연신 사과했다.

"미안해, 미안! 다들 친구 사이인데, 나한테 묻는 걸 어떻게 그냥 잡아떼!"

그래서 결국, 출발 일 분 전에 수뉘 할머니가 불쑥 나타났다. 모두 수뉘 할머니가 같이 가는 줄은 까맣게 몰랐는데 말이다. 그 과정은 나중에 다시 설명하겠다.

허풍 같겠지만 난 관찰력이 제법 뛰어나다.

요 며칠 우리 할머니의 행동이 몹시 수상쩍었다. 다른 할머니들과 수시로 몰래 통화를 했다. 이전 같으면 며칠에 한 번 울리던 할머니의 핸드폰이 요즘 들어 날마다 울렸다. 게다가 할머니는 핸드폰이 울리면 방으로 뛰어 들어가 통화하고는 했다. 또 저녁 때마다 식탁에 푸짐한 생선 요리며 고기 요리가 올라왔다. 냉장고 안에는 한 솥 가득 조린 돼지고기와 족발, 반찬들이 들어찼고, 과일 칸은 각종 과일과

실종 인물 5

이름: 린카이팅(나).

성별: 여자.

나이: 열 살 반.

가족 관계: 할머니 천쑤잉과
할아버지 린즈밍, 아빠, 엄마,
그리고 오빠 린카이옌과 거주 중.

큼지막한 수박으로 꽉 채워졌다.

　무엇보다 중요한 점은 며칠 전 할머니가 여행 가방을 빨았다는 거다. 나는 그 모습을 지켜보다가 슬쩍 물었다.

　"할머니, 가방은 왜 꺼내셨어요?"

　할머니가 대답했다.

　"아이고! 장롱 안에 처박아 놨더니 곰팡이가 슬 지경이잖니. 빨아서 말려 놓으려고."

　이상했다. 요 며칠 비 한 방울 내리지 않았는데 곰팡이라니! 원체

거짓말에 서툰 할머니는 얘기하는 내내 내 눈조차 똑바로 쳐다보지 못했다. 내가 다시 물었다.

"할머니가 예전에 말씀하셨잖아요. 거짓말하면 나중에 염라대왕이 혀를 자른다고요. 맞죠?"

할머니의 얼굴이 금세 새빨개졌다. 할머니가 나를 매섭게 쏘아봤다.

"조그만 게 말도 많아."

그러면서 할머니는 슬그머니 자리를 피했다.

문득 얼마 전 식탁에서 오갔던 대화가 떠올랐다. 그때 할머니가 이렇게 말했었다.

"여름 방학까지 기다렸다 떠날 거야."

내일이 바로 여름 방학 첫날이었다. 쳇, 내가 모를 줄 알고? 때가 된 게 틀림없다.

그런데 나에게는 한 가지 큰 문제가 있었다. 한번 잠이 들면 작은 소리는 물론이고 지진이 나서 천지가 흔들리듯 큰 소리가 난다 해도 안 깬다는 점이다. 더군다나 날을 새는 건 불가능에 가까웠다. 그래서 뭔가 묘수가 필요했다. 할머니를 이대로 보낼 수는 없으니까!

시간이 얼마나 흘렀을까, 별안간 누군가가 나를 발로 걷어찼다.

"으악!"

할머니와 내가 동시에 비명을 질렀다.

"아야, 누가 발로 차는 거야?"

나는 한 손으로는 눈을, 다른 한 손으로는 엉덩이를 비비며 말했다.

"카이팅?"

할머니가 쪼그리고 앉아서 어둠 속에서 더듬더듬 내 얼굴을
찾았다.

"왜 문 앞에 누워 있어?"

"할머니예요?"

난 눈을 게슴츠레 뜨고 일어나 앉았다.

"제가 무슨 문 앞에 있다고 그러세요?"

"아니, 왜 여기 누워 있냐니까?"

"으잉?"

내가 깜짝 놀라 소리쳤다.

"진짜 문 앞이잖아!"

할머니가 재빨리 내 입을 틀어막았다.

"쉿, 조용히 해!"

그제야 난 정신이 번쩍 들었다. 창밖을 보니 하늘이 내 두 눈처럼
뿌옇고 어두침침했다.

"할머니, 어디 가시게요?"

난 할머니 발 옆에 놓인 여행 가방을 꼭 끌어안았다.

"쪼그만 게 안 끼는 데가 없네!"

"나도 갈래요. 제가 모를 줄 알고요? 가출하려고 그러는 거잖아요. 다른 할머니들이랑 놀러 가려고!"

내가 일부러 목소리를 조금 높였다. 할머니에게 나도 데려가라고 요구하기 위해서였다.

"작게 말해!"

할머니가 조마조마해하며 말했다.

갑자기 방 안에서 할아버지의 기침 소리가 들려왔다. 화들짝 놀란 할머니가 방 쪽을 조심스럽게 바라봤다.

그날, 난 실종 인물 대열에 끼게 됐다.

제1장
반가워, 타이둥

성곽은 타이베이보다 조금 낮아도 하늘은 타이베이보다 훨씬 높다.

불빛은 타이베이보다 조금 옅어도 별빛은 타이베이보다 훨씬 밝다.

사람은 서해안보다 조금 적어도 산은 서해안보다 훨씬 우거졌다.

항구는 서해안보다 조금 작아도 바다는 서해안보다 훨씬 크다.

거리는 타이베이보다 조금 짧아도 바람은 타이베이보다 훨씬 길다.

지나가는 비행기는 조금 적어도 훨훨 나는 독수리는 훨씬 많다.

신문은 조금 늦게 배달돼도 태양은 훨씬 일찍 떠오른다.

지구가 어떻게 돌든지 타이둥이 언제나 앞에 있다.

-「타이둥」, 위광중(대만의 시인)

〔7월 1일〕 타이베이: 오후에 소나기, 타이둥: 맑음.

정말 너무너무 짜릿하다! 여름 방학 첫날부터 할머니와 가출을
하다니. 거실 마룻바닥에서 곧장 할머니에게 이끌려 집을 나서는
바람에 옷가지는커녕 속옷 한 장 못 챙긴 게 아쉽긴 하지만 말이다.

골목 앞에서 기다리고 있던 십원 할머니와 아주 할머니가 나를
보자마자 양쪽 눈썹이 맞붙을 정도로 미간을 잔뜩 찌푸렸다.

"혹을 달고 나오면 어떡해?"

십원 할머니가 말했다.

"어쩔 수 없었어. 이 애물단지 때문에 나까지 못 나오게 생겼잖아!
자세한 얘기는 가면서 할게. 얼른 출발하자고. 우리 영감이 소변 보러
일어났다가 나 없는 거 알면 큰일이니까."

"긴장할 거 없어, 십원이 택시 불러 놨거든. 오 분이면 올 거야."

아주 할머니가 말했다.

우리 할머니에게는 그 오 분이 평생보다 더 길어 보였다. 할머니는
빨갛게 상기된 얼굴로 연신 집 쪽을 두리번거리며 몸까지 가늘게
떨었다. 난 이러다 혹시 할머니가 혈압이 치솟아 쓰러지는 건 아닌지
겁이 났다.

간신히 오 분이 지나고, 택시가 새벽 어스름 속에서 서서히 다가올 때였다. 별안간 유리를 긁는 듯한 목소리가 들려왔다.

"잠깐만! 나도 같이 가!"

그 순간 십원 할머니와 아주 할머니의 눈이 귀신이라도 본 것처럼 커다래졌다. 입은 떡 벌어지고 코끝에 경련까지 일었다. 두 할머니가 곧바로 우리 할머니를 째려봤다.

"쟤가 어떻게 알고 왔지?"

"그, 그, 그게…… 나, 나도 몰라! 나한테 묻기에, 그냥 궁금해서 그러는 줄 알았지. 자, 자기도 가겠다고는 안 했는데!"

우리 할머니가 우물쭈물 대답했다.

그때 수뉘 할머니와 택시가 동시에 도착했다. 수뉘 할머니는 숨을 몰아쉬며 택시 문을 열었다.

"시간에 겨우 맞췄네!"

그러고는 떡하니 택시에 올라탔다. 나머지 세 할머니는 멍하니 서서 서로의 얼굴만 바라봤다. 그러자 수뉘 할머니가 차 안에서 소리쳤다.

"빨리 안 타고 뭐 해?"

십원 할머니가 "흥!" 하고 콧방귀를 뀌더니 씩씩거리며 차에 올랐다.

사람들 말로는 음력 7월에 저승문이 열린다는데(대만은 음력 7월에 이승과 저승을 연결하는 문이 열린다고 하여 이사, 개업 등을 피하는 풍습이 있다.), 아무래도 귀신들이 양력 7월 1일에 줄지어 넘어온 것 같았다. 택시 안은 공동묘지보다 서늘한 공기가 흘렀고, 할머니들은 각자 서로 다른 귀신이라도 본 듯한 얼굴이었다. 십원 할머니는 화가 나서 온통 벌겋게 달아오른 얼굴로 눈을 무섭게 부릅떴다. 아주 할머니는 몸이 불편해서인지 마음이 울적해서인지 방금 페인트칠한 벽처럼 낯빛이 창백했다.

우리 할머니는 어땠냐고? 나와 수뉘 할머니 때문에 연달아 기겁한 탓에 입에 흰 거품만 안 물었다 뿐이지 얼굴이 하얘졌다 파래지기를 반복했다. 오직 수뉘 할머니 혼자만 대체로 멀쩡했다. 발그레한 얼굴에 두 눈엔 광채가 돌았고, 새빨간 매니큐어가 발린 손을 뺨에 대고 연신 부채질을 해 댔다. 그 손동작을 따라 빨간 점 다섯 개가 쉴 새 없이 오르락내리락 움직여서 마치 거대한 반딧불이가 날아다니는 것처럼 보였다. 입으로는 소란스레 울어 대면서 말이다.

"기사님, 에어컨 좀 세게 틀어 줘요. 더워 죽겠네!"

난 커다란 엉덩이 세 개 사이에 끼어 앉았다. 내가 과일이었다면 즙이 짜질 정도로 비좁았다. 더군다나 자다 일어난 뒤로 여태 화장실을 못 가서 방광이 터지기 일보 직전이었다. 바늘방석이 이런

걸까? 기차역에 도착할 때까지 간신히 참았다가 바로 화장실로
돌진했다.

　내가 다시 기차역 로비로 나왔을 때 할머니들의 머리가 매표소
창구 앞에 모두 모여 있었다. 시끌시끌 너도나도 한마디씩 하는 통에
매표원 아저씨가 정신을 놓을 지경이었다.

　"말씀드렸잖아요, 표가 없다니까요? 아무리 따지셔도 방법이
없어요!"

"말도 안 돼! 우리가 이렇게 일찍 왔는데. 여기 표 사는 사람도 없는데 왜 표가 없어요?"

십원 할머니가 긴장해서 눈을 자꾸만 깜빡였다.

"지금 우리 무시하는 거예요? 참 나, 우리도 돈 있거든요!"

수뉘 할머니가 눈을 희번덕거리며 지갑을 꺼내서 접수대 위에 내던졌다.

"우리 바깥양반은 사업가고 아들은 엔지니어예요. 내가 해외여행을 얼마나 많이 가 본 줄 알아요? 겨우 타이둥(대만 동남부에 위치한 도시) 좀 가겠다는데 어디서 사람을 무시해······."

"아니, 무시하는 게 아니라니까요. 온라인 예매로 표가 진작에 다 팔렸어요. 여름 방학이잖아요! 이렇게 여럿이 타이둥에 가실 거면 저도 방법이 없어요. 어르신, 제가 표를 드리고 싶어도 진짜로 없다니까요!"

매표원 아저씨 표정에 억울함이 가득했다.

우리 할머니가 수뉘 할머니의 옷깃을 잡아끌었다.

"너, 무슨 과일 핸드폰 갖고 있잖아. 엄청 비싸고 인터넷 연결도 된다고 하지 않았어?"

"장난해? 당연히 되지! 근데, 그게······ 저기······."

수뉘 할머니가 갑자기 말을 더듬었다.

"그거고 저거고 간에 얼른 꺼내서 표 좀 사 봐!"

십원 할머니가 말했다.

"왜 소리를 지르고 그래? 제발 좀! 교양 있게 얘기하면 어디 덧나?"

수뉘 할머니가 십원 할머니를 쏘아보며 말했다.

"입만 열면 돈 많다고 자랑하더니, 이제 보니까 동전 한 푼에 벌벌 떠는 구두쇠가 따로 없네."

십원 할머니가 휙 돌아서더니 자기 핸드폰을 내게 쥐어 줬다.

"카이팅, 우리 아들이 준 핸드폰도 인터넷이 된다고 했거든. 난 할 줄 모르니까 네가 온라인인가 뭔가로 표 좀 끊어 볼래?"

"저도 할 줄 몰라요! 아직 그런 건 안 배웠어요."

내가 말했다.

"어르신!"

매표원 아저씨가 어이없다는 듯 손사래를 쳤다.

"지금 인터넷 해 봐도 소용없어요. 오늘 표는 매진됐다니까요? 닷새 안의 표까지 싹 다 팔렸어요!"

"내 말이! 지금 인터넷이 연결된들 방법이 없다고!"

수뉘 할머니가 말했다.

십원 할머니는 수뉘 할머니가 뭐라고 하든 말든 너무 실망한 나머지 다리에 힘이 풀려서 중얼거렸다.

"어떻게 이럴 수가……. 이를 어쩌면 좋아!"

마치 덜 잠긴 수도꼭지에서 물이 떨어지듯 십원 할머니의 이마에서 땀방울이 뚝뚝 흘러내렸다. 그 바람에 할머니는 눈을 맹렬히 깜빡이느라 경련이 날 정도였다.

"어차피 타이둥엔 구경할 만한 것도 없어! 저기, 그럼 다른 곳은 표가 남아 있어요? 타이중이나 가오슝은 어때요?"

수뉘 할머니가 매표원에게 물었다.

"안 돼, 타이둥에 가야 해!"

십원 할머니가 고함을 질렀다.

"어르신, 타이둥 가는 표는 진짜로 드릴 방법이 없어요! 아니면, 고속 열차 말고 일반 열차는 다음 월요일 저녁 표가 남아 있는데 우선 그거라도 사 놓으실래요?"

매표원 아저씨가 마지못해 제안했다. 수뉘 할머니가 옆에서 풀이 죽어 말했다.

"다들 어딜 많이 다녀 봤어야 알지. 그 썰렁한 시골에 볼 게 뭐가 있겠어?"

아주 할머니가 십원 할머니의 어깨를 토닥였다.

"나 바람 쐬어 주려고 여행 가자고 한 거 알아. 마음만으로도 고마워. 괜찮으니까, 이제 그만 집에 가자."

"집에?"

우리 할머니가 놀라서 소리쳤다.

"아니면?"

수뉘 할머니가 빨간 입술을 삐죽 내밀었다.

"다른 데는 가기 싫다잖아. 표가 없는데 그럼 걸어가게?"

이번엔 우리 할머니가 맥이 빠지려고 했다.

"그냥 집에 가? 모처럼 나서서 겨우 기차역 한 바퀴 돌고 돌아가자고?"

할 말을 잃은 할머니가 가만히 고개를 가로저었다.

"하긴, 차라리 남편이 알아채기 전에……."

할머니의 마지막 말은 작다 못해 가늘어서 금세 공기 중으로 흩어져 버렸다.

우리가 바닥에 놓은 짐 가방을 집어 들려는 순간이었다. 매표소 옆쪽의 작은 문이 열리더니 누군가 튀어나와 우리를 불러 세웠다.

우리는 역장실에 들어갔다. 역장 아저씨가 몇 분간 매표 규칙을 구구절절 장황하게 설명한 끝에 이렇게 덧붙였다.

"할머니들, 원래는 매진이에요. 원칙적으로는 드릴 표가 없는 거거든요. 근데……."

"근데, 뭐요?"

조바심이 난 십원 할머니가 끼어들었다.

"근데, 바로 다음 열차에 마침 관계자용 표 네 장이랑 자유석 몇 자리가 남을 것 같아서…… 그래서……."

"그래서 뭔데요? 빨리 말해요!"

십원 할머니가 다그쳤다.

"그러니까 제 말은, 어르신들 표가 생겼다고요!"

그 순간, 잔뜩 일그러졌던 할머니들 얼굴에 화색이 돌고 미소가 번졌다. 다만 표정이 너무 급작스럽게 바뀐 탓에 어딘가 모르게 섬뜩한 느낌이었다. 심지어 우리 할머니는 신나서 중얼댔다.

"아미타불, 아미타불, 부처님이 보우하사……. 부처님이 보우하사!"

그때 갑자기 할머니의 핸드폰이 울렸다. 누구 전화인지 볼 것도 없었다. 난 필사적으로 손을 휘저었다.

"받지 마세요! 받으면 안 돼요!"

난 우리 할머니를 너무나 잘 안다. 할머니는 할아버지의 말이
떨어지기가 무섭게 순한 양처럼 고분고분 집으로 돌아갈 게 뻔했다.

때마침 역장 아저씨가 우리에게 표를 건넸다.

"출발까지 15분밖에 안 남았는데, 플랫폼까지 갈 수 있으시겠어요?"

십원 할머니가 푯값을 계산하는 동시에 모두의 시선이 우리
할머니를 향했다. 할머니는 침을 삼키며 고개를 끄덕이더니 핸드폰을
주머니 속에 넣었다.

우리는 짐을 들고 내달렸다. 뒤에서 역장 아저씨의 응원 소리가
들려왔다.

"어르신들! 빨리요! 어서 달려요!"

***

　다섯 자리가 열차 두 칸에 나뉘어 있었지만 다행스럽게도 같은 칸의 자리들은 서로 붙어 있었다. 덕분에 몇 시간이나 되는 여정을 혼자 쓸쓸히 앉아 가지 않아도 됐다. 자리에 앉자마자 우리 할머니가 핸드폰을 꺼내 손으로 꼭 감싸 쥐었다.

　"할머니, 할아버지한테 전화하고 싶어요?"

　할머니가 잠자코 고개를 끄덕였다.

　"걱정할까 봐."

　"그럼 전화하세요."

할머니는 심각한 표정으로 말없이 핸드폰만 더 힘껏 움켜쥐었다.

난 할머니가 전화를 걸지 말지 망설이고 있다는 걸 알아챘다. 전화를 안 걸면 할아버지가 걱정할 테고 그렇다고 전화를 걸면 불호령이 떨어질 테니까. 할머니가 침을 꿀꺽 삼키더니 핸드폰을 내 손 위에 놓았다.

"카이팅, 네가 할아버지한테 전화해서 타이둥에 간다고 얘기해. 우리는 잘 있다고."

이번에는 내가 침을 꿀꺽 삼켰다. 할아버지가 무섭다기보다 할아버지의 불같은 성격을 떠올리자 전화하기 꺼려졌다. 몇 마디 꺼내기도 전에 고함부터 칠 게 뻔했다.

"싫어요! 할아버지랑 통화하면 귀먹을 것 같아요."

"전화해 봐, 카이팅. 우리가 아무 말 없이 사라졌으니 걱정할 거야."

할머니가 내게 사정했다.

"할아버지의 애정 표현이 화내는 거라면, 할아버지한테 사랑받는 사람은 얼마나 괴롭겠어요? 전 정말 이해가 안 가요. 할머니가 젊었을 때 어쩌다 할아버지 같은 사람을 좋아하게 된 건지."

"버릇없이 그런 말 하면 못써. 그래도 네 할아버지잖니."

할머니가 진지한 얼굴로 말했다.

"할머니도 맨날 당하면서 저더러 할아버지한테 버릇없게 굴지 말라고 하시다니. 저는 할아버지도 이해가 안 가지만, 할머니도 진짜 이해가 안 가요. 제가 할머니라면 진작 이혼했을걸요!"

"말도 안 되는 소리. 이혼했다간 괜히 망신만 당하지. 너는 아무것도 몰라."

할머니가 내 머리를 톡톡 쳤다.

"옛날에 시골에 살면서 사랑이 뭔지 알 수나 있었겠니. 어쩌다가 중매가 들어왔는데 부모님도 상대가 믿음직해 보인다고 하니까 그길로 결혼한 거지. 옛날 여자 팔자가 그렇지, 뭐. 시집가면 남편에 맞춰 살면서 꾹 참는 수밖에! 사실, 네 할아버지가 입이 좀 거칠어서 그렇지 가정을 소홀히 한 적은 없거든. 남자들 성질머리가 다 그 모양인걸. 욕하고 싶으면 하라지. 그저 이 악물고 참으면 그만이야."

"할머니가 그런 식이니까 할아버지가 갈수록 심해지는 거예요. 할머니도 맞받아쳐야 해요. 그리고 저는 할머니가 맨날 팔자가 어쩌고 말씀하시는 게 제일 싫어요. 왜 여자는 남자가 하란 대로 해야 하죠? 말이 안 되잖아요! 설마 할머니는 저도 이다음에 할아버지 같은 남자한테 시집가서 평생 큰소리 들으면서 살면 좋겠어요?"

"그건 안 되지! 금쪽같은 우리 카이팅을 그런 남자한테 시집보낼 수 없고말고."

"저는 안 된다면서 할머니는 그런 남편한테 왜 평생 한 소리 들으며 살고 계신 거예요?"

"음⋯⋯."

할머니는 마땅한 대답이 안 떠오르는지 한참을 고심했다.

"그건 달라."

"뭐가 달라요? 여자 팔자가 다 그렇다면서요?"

"그게⋯⋯. 아무튼 다르다니까."

할머니의 목소리가 갈수록 작아졌다.

"난 초등학교밖에 못 나왔잖아. 할 줄 아는 거라곤 밥하고 살림하는 것뿐인걸. 넌 똑똑하고 공부도 잘하니까 나중에 꼭 능력 있는 사람이 돼야지. 그럼 네 신랑도 감히 너한테 함부로 못 할 거야."

"아니에요! 남자가 욕하는 거랑 여자가 잘난 거랑은 아무 상관 없어요. 그리고 남자라고 다 성질이 고약한 것도 아니잖아요. 우리 아빠도 그렇고요! 게다가 할머니가 만든 음식은 세상에서 최고로 맛있어요. 식당에서 파는 것보다 훨씬 더요. 누가 할머니더러 능력이 없대요? 다만 할머니는 성격이 너무⋯⋯."

"됐다, 됐어! 그 얘기는 관두고, 얼른 전화부터 걸어 봐."

할머니가 핸드폰을 쥔 내 손을 툭 쳤다. 초조하고 불안한 표정이 역력했다. 할머니는 처진 눈꺼풀을 필사적으로 부릅떴다. 난 할머니의 흐릿한 눈동자를 바라보았다. 광채라고는 거의 찾을 수 없었다.

그 순간, 내 머릿속에 할아버지가 큰소리칠 때마다 할머니가 조용히 주방으로 향하던 장면이 떠올랐다. 딱히 일거리가 있어서 주방에 간 게 아니란 걸 나도 안다. 할머니는 내 수건 못지않게 깨끗한 행주를 괜히 힘껏 비벼 빨거나, 반짝반짝 빛나는 싱크대를 닦기도 하고, 또 어떤 때는 그저 손에 든 염주를 꽉 움켜쥐기도 했다.

할머니의 음식 솜씨 덕분에 할아버지는 친구들 사이에서 부러움을 샀다. 그 때문에 집에는 하루가 멀다 하고 할아버지 손님들이 왔다. 한번은 사전에 말도 없이 친구들을 데려오는 바람에 준비할 음식이 부족했던 할머니가 "미리 좀 말해 주지 그랬어요." 하고 볼멘소리를 했다. 그런데 할아버지는 모두가 보는 앞에서 식탁을 치며 버럭 화를 냈다. 사람들이 난처해하며 분위기를 풀어 보려고 한마디씩 거들고 나섰고, 할머니는 묵묵히 주방으로 향했다.

그 뒤로 손님들끼리 술잔이 오가는 동안, 뜨끈뜨끈한 요리들이 쉬지 않고 상에 올라왔다. 맨 마지막 요리까지 준비를 마치고 할머니 자신도 밥 한술 뜨려고 할 땐 이미 식탁에 아무도 없었다. 다들

입가를 닦고 이를 쑤시며 거실 소파에 앉아 있었다. 할아버지가
입을 열기도 전에 할머니는 막 퍼 온 밥을 도로 놓고 다시 주방으로
들어갔다.

　그날 밤 거실에는 향긋한 녹차 향과 파인애플의 달콤한 냄새가
퍼졌고, 할아버지와 친구들이 웃고 떠드는 소리와 할머니의 설거지
소리가 뒤섞였다. 난 종종 그런 생각을 했다. 할아버지가 바다의
폭풍우라면 주방이 바로 할머니의 피난처 같다고.

　난 차마 할머니의 눈을 다시 볼 수가 없었다. 재빨리 고개를 숙이고
핸드폰을 켜 전화를 걸었다. 신호가 막 떨어지자마자 쩌렁쩌렁한
목소리가 귓가에 울렸다. 기차 안 승객의 삼분의 일이 내 쪽을
쳐다봤다. 너무 깜짝 놀라서 하마터면 핸드폰을 바닥에 떨어뜨릴
뻔했다. 그때 할머니가 잽싸게 핸드폰을 낚아채더니 전원을 껐다.
우리는 서로의 얼굴만 멀뚱멀뚱 바라봤다. 전화기 너머의 집은 거센
폭풍우에 휩싸여 있었다.

　시간이 조금 흐른 뒤에야 나는 간신히 마음을 가라앉혔다.

　"할머니, 핸드폰은 당분간 안 쓰는 게 좋겠어요. 제가 십원 할머니
핸드폰으로 아빠한테 전화해서 할아버지한테 잘 얘기해 달라고
부탁할게요."

"그래그래, 그러면 되겠다. 그게 좋겠어!"
할머니가 연신 고개를 끄덕였다.

***

내가 바로 앞 칸으로 찾아갔을 때, 아주 할머니는 십원 할머니에게
머리를 살짝 기댄 채 잠들어 있었고, 십원 할머니는 멍하니 창밖을
보고 있었다. 기차가 도시 이란의 산간을 질주하면서 졸졸 흐르는
시냇물과 들쭉날쭉한 집들 그리고 짙푸른 숲이 창 너머로 빠르게

스쳐 지나갔다.

"십원 할머니!"

내가 조그맣게 할머니를 불렀다.

십원 할머니는 못 들은 것 같았다.

"십원 할머니!"

난 목소리를 더 키웠다.

이번에도 십원 할머니는 대답이 없었다.

"십원 할머니!"

내가 큰 소리로 불렀다.

"에구머니나! 카이팅, 깜짝 놀랐잖아!"

아주 할머니가 눈을 비비며 깼다.

"어젯밤에 한숨도 못 자서 눈 좀 붙이고 있었는데."

"죄송해요, 아주 할머니. 십원 할머니께 핸드폰 좀 빌리려고요."

십원 할머니가 내 쪽은 쳐다보지도 않고 허둥지둥 가방에서
핸드폰을 꺼내 건넸다.

"십원 할머니, 왜 코가 빨개요?"

내가 할머니 얼굴을 자세히 들여다보며 물었다.

"눈도 빨개진 것 같아요!"

"그래?"

아주 할머니도 고개를 돌려 십원 할머니를 쳐다봤다.

십원 할머니가 얼른 손수건을 꺼내 콧날을 훔쳤다.

"알레르기 때문이야! 기차가 덜컹대는데 어린애가 그렇게 복도에 서 있으면 위험해. 통화 끝나면 후딱 네 할머니 있는 데로 돌아가라."

십원 할머니는 알레르기 증상이 무척 심해 보였다. 나도 알레르기가 있지만 그래 봤자 콧물이 줄줄 흐르는 정도지 두 눈이 딸기처럼 빨갛게 부어오른 적은 없었다.

내가 자리로 돌아왔을 때, 수뉘 할머니의 큰 엉덩이가 이미 내 자리를 차지하고 있었다. 수뉘 할머니는 우리 할머니가 집에서 싸 온 닭날개간장조림을 손에 쥐고 덥석 베어 먹더니 쩝쩝 입맛을 다시며 감탄했다.

"어머나, 어쩜 이렇게 맛날까!"

난 수뉘 할머니가 봉지에서 닭 날개를 또 꺼내려는 걸 보고 나도 모르게 손을 뻗어 막으려고 했다. 그런데 우리 할머니가 내 손을 잡았다.

"전화는 걸었니?"

"걸었어요!"

내 시선이 어쩔 수 없이 우리 할머니에게로 향했다. 저승문 앞에서 되살아난 것처럼 할머니의 얼굴에 생기가 돌기 시작했다.

수뉘 할머니는 닭 날개를 움켜쥔 채 손짓발짓에 침까지 튀기며 신나게 수다를 떨었다. 수뉘 할머니의 눈동자는 언제나처럼 쉴 새 없이 움직였지만 유독 나에게만 향하지 않았다. 마치 내가 투명 인간이라도 된 것처럼 말이다.

"수뉘 할머니, 얼굴에 간장이 잔뜩 묻었어요!"

나는 남은 닭날개간장조림이라도 지켜 보고자 호들갑을 떨었다.

"어휴! 이게 다 쑤잉의 닭 날개 때문이야. 어찌나 맛있는지!"

수뉘 할머니가 닭 날개 반 토막을 비닐봉지 안에 도로 넣었다. 뒤이어 가방에서 거울과 휴지를 찾아 서둘러 입가를 깨끗이 닦더니 립스틱을 꺼냈다. 기차의 흔들림에 따라 부들부들 손을 떨며 닭 날개와 함께 싹 먹어 버린 립스틱을 다시 칠했다. 아무래도 수뉘 할머니는 내 자리를 돌려줄 것 같지 않았다. 난 하는 수 없이 수뉘 할머니 자리에 가서 앉았다.

시간이 얼마나 흘렀을까, 별안간 몸이 마구 흔들렸다. 어렴풋이 눈을 뜨니 사방이 빙빙 돌아서 그제야 겨우 정신이 들었다.

"지진이에요? 지진 났어요?"

난 학교 재난 안전 훈련 때처럼 두 손으로 머리를 감쌌다.

"지진은 무슨!"

우리 할머니가 손가락으로 내 머리를 쿡 찔렀다.

"다 왔어! 침을 얼마나 흘렸는지 옷까지 젖었네!"

"할머니!"

내가 퍼뜩 생각나서 물었다.

"제 닭날개간장조림은 남아 있어요?"

"이 먹보 좀 보게!"

할머니가 또 한 번 내 머리를 쿡 찔렀다.

문득 아까 수뉘 할머니가 남긴 닭 날개 반 토막이 아직 비닐봉지 안에 있는 게 생각났다.

"아니다, 저 안 먹을래요."

난 투덜대며 뺨에 묻은 침을 닦았다.

"그나저나 방금 할머니가 너무 세게 흔들어서 목이 부러지는 줄 알았잖아요!"

"부러지면 더 좋고! 좀 멀쩡한 머리로 갈아 끼우게."

할머니가 웃으며 말했다.

난 한마디 더 받아치려다 말고 할머니를 물끄러미 쳐다봤다. 그 순간 할머니에게서 두 가지 모습이 겹쳐 보였다. 하나는 다른 사람, 특히 할아버지 앞에 있을 때의 모습이고, 또 하나는 나와 있을 때의 모습이다. 대체 어느 쪽이 할머니의 진짜 모습인 걸까? 하지만 미처 생각해 볼 겨를이 없었다. 나는 할머니들의 재촉에 크고 작은 짐 가방들을 챙겨서 인파를 따라 허둥지둥 기차에서 내렸다.

기차역을 나오니, 탁 트인 타이둥의 경치에 감탄이 절로 나왔다. 산도 하늘도 구름도 모두 크고 아름다웠다.

십원 할머니가 역 앞에 서서 사방을 둘러봤다. 할머니는 조각상처럼

꼼짝도 하지 않고 빨개진 눈만 쉼 없이 깜빡였다.

"십원 할머니, 또 알레르기 때문이에요?"

"어디가 불편해서 그런 거야?"

우리 할머니도 걱정스레 물었다.

손수건으로 코를 훔친 십원 할머니는 저 멀리 지나가는 흰 구름을
보며 가만히 고개를 저었다.

"아무것도 아니야! 그냥 옛날 생각이 나서. 오십여 년 전에
타이둥에서 살던 때가 떠올랐어. 그때 난 열여덟 살 소녀였거든. 매일

아무 고민 없이 그저 꿈만 꾸며 살았지. 어떻게 알았겠어, 눈 깜짝할
사이에 나이가 일흔이 될 줄!"

"뭐라고? 너 타이둥 사람이었어?"

모두가 깜짝 놀랐다.

***

맨 먼저 호텔을 찾기 위해 택시를 잡아타고 시내로 향했다. 어느
등급의 호텔에 머물지를 두고 할머니들이 또 시끄러워지기 시작했다.
십원 할머니는 숙소가 그저 깨끗하면 그만이라고 했고, 수뉘 할머니는
오성급 호텔이 아니면 잠이 안 온다고 버텼다. 아주 할머니는
뉴스에서 봤다면서 몰래카메라를 설치해 놓고 사람들을 찍는 호텔도
있다고 말했다. 십원 할머니가 반박했다. 다 늙어서 살이 처질 대로
처진 여자들을 봐 봤자 괜히 눈만 버릴 거라고 말이다. 우리 할머니는
잠만 자면 되니까 제일 싼 곳으로 가자고 했다. 할머니들이 어찌나
제각각 자기 할 말만 하는지 당장이라도 귀청이 떨어질 것만 같았다.

"할머니들, 그만 좀 싸우세요!"

내가 외쳤다.

"얘가 왜 소리를 지르고 그래! 누가 싸웠다고 그러냐? 얘기하다
보니 목소리가 좀 커진 것뿐인데!"

십원 할머니가 말했다.

참, 나! 정말 못 참겠다. 사람이 원래 나이가 들면 말할 때 저렇게
목소리 크기 조절이 안 되는 걸까?

결국엔 우리 할머니가 절충안을 내서, 옛 기차역 근처의 호텔에
묵기로 했다. 객실 안에 들어서자마자 할머니들은 꼭 소녀들처럼 쉴
새 없이 재잘댔다. 십원 할머니와 아주 할머니가 한방을 쓰고, 나와
우리 할머니, 그리고 수뉘 할머니까지 셋이 한방을 썼다.

짐 정리를 마친 뒤, 할머니가 침대 머리맡에 앉아 핸드폰을 켰다.
신호음이 떨어지기 무섭게 전화기 너머에서 할아버지의 호통이
들려왔다.

"대체 어디에 있다가 이제야 나타나? 전화도 안 받고 말이야!
온 가족이 얼마나 놀랐는지 알기나 해? 오죽했으면 내가 경찰에
신고하러 갔었다고. 근데 실종된 지 스물네 시간이 지나야 사건
접수를 해 준다잖아. 진짜 어이가 없어서……. 어디를 가면 간다고
얘기를 해야지. 나이가 몇인데 하는 짓이 아직도 그렇게……."

할머니는 아무 말 없이 할아버지가 퍼붓는 말을 한참이나 들었다.

"네, 네!" 하는 대답조차 하지 않았다. 갈수록 고개만 아래로 떨구더니 나중엔 머리가 가슴에 닿을 정도였다. 몇 분 후, 할머니가 핸드폰을 내게 건넸다.

"네 엄마가 너 바꿔 달란다."

어째서 우리 집안 어른들은 상대한테 말할 기회를 안 주는 걸까? 할아버지처럼.

"카이팅, 할머니가 왜 너를 데리고 간 거니? 이유가 뭐래?"

"엄마……."

"할머니가 내 시어머니이긴 하지만 그래도 네 엄마는 난데! 어쩜 나한테 말 한마디 없이 너를 데리고 나갈 수가 있어?"

"엄마, 그게 아냐! 실은……."

"내가 아버님한테 전화를 받고 얼마나 놀랐는지! 오늘 출근해서 일하다 말고 집으로 달려왔잖니."

"엄마!"

내가 소리쳤다.

"그만하고 내 말 좀 들어 주면 안 돼?"

엄마가 멈칫하더니 말을 이었다.

"아니, 얘가 왜 소리를 질러? 누가 너더러 말하지 말래?"

"너무해, 진짜!"

점점 화가 치밀었다.

"엄마! 할머니가 날 데리고 나온 게 아니라, 내가 억지로 따라온 거야. 아까 아빠한테 전화해서 우리 지금 십원 할머니랑 다른 할머니들이랑 타이둥에 와서 아주 잘 있다고 알려 줬어. 그리고 할아버지한테 전해 드려. 할머니가 진작에 얘기했었다고. 그것도 두 번이나 말했어, 두 번이나! 근데 아무도 귀담아듣지 않았잖아. 언제 할머니 얘기에 신경이라도 써 봤어? 지금 와서 걱정하는 건 좀 늦은 것 같지 않아?"

"누구랑 같이 있다고?"

엄마가 조금 뜨끔했는지 목소리를 한껏 낮춰 물었다.

"아빠랑 통화할 때 이미 한 번 얘기했고, 방금 엄마한테 말한 게 두 번째야. 십원 할머니랑 다른 할머니들이랑 같이 있다고."

"십원 할머니가 누군데?"

"할머니가 집에서 십원 할머니 얘기 자주 했었잖아. 그런데도 엄마는 그분이 누구냐고 묻는데, 내가 지금 알려 준다고 뭐가 달라져? 아빠 친구들, 엄마 친구들, 할아버지 친구들, 그리고 오빠랑 내 친구들은 누구누구인지 다 알면서. 왜 아무도 할머니 친구들에겐 관심이 없어? 평소에 할머니 친구가 어느 분들인지 알았다면, 우리가 어디 갔는지 그 집에다 물으면 바로 해결됐을걸. 경찰에 신고할 일이 뭐가 있어? 게다가 여기 할머니 네 분 중에 우리 할머니만 가족들이 못 가게 했어. 너무 창피해! 할머니도 어른인데 여행 갈 권리도 없어? 무슨 근거로 할머니더러 맨날 집만 지키고 아무 데도 가지 말라는 거야?"

내가 말을 끊었다가 한마디 더 보탰다.

"그리고, 할아버지도 엄마도 제발 말은 그만하고 잘 좀 들어 주면 안 돼?"

말을 마친 나는 전화를 확 끊어 버렸다. 내가 고개를 들었을 때, 할머니가 이상한 눈빛으로 나를 바라보고 있었다. 원래 안구 건조증이 있는 할머니의 두 눈에 촉촉이 눈물이 고였다.

"할머니, 왜 그러세요?"

할머니는 입술을 깨물며 머뭇거리다 겨우 말문을 열었다.

"카이팅! 음…… 있잖아, 내 말은, 카이팅!"

할머니가 잠시 멈칫한 뒤 말했다.

"앞으론 엄마한테 그렇게 말하지 마."

그러고는 몸을 돌려 욕실로 향했다.

어휴! 난 가만히 머리를 가로저으며 생각했다. 만약 여기에 주방이 있었다면 할머니는 또 거기 가서 냄비를 닦았겠지?

난 욕실 문 앞에 책상다리를 하고 주저앉아 알쏭달쏭한 어른들의 세계에 대해 고민했다. 어떤 어른은 상대가 어떻게 생각하는지 신경조차 안 쓰고 말하고, 거꾸로 또 어떤 어른은 자기 속마음을 입 밖에 내지도 않는다니.

내가 욕실 문을 두드렸다.

"할머니, 괜찮으세요?"

안에서 아무런 답이 없었다.

"할머니……."

그때 수뉘 할머니가 손부채를 하며 방에 들어오더니 투덜거렸다.

"이럴 줄 알았다니까! 싼 게 비지떡이지. 에어컨이 하나도 안 시원하네."

수뉘 할머니는 나를 힐끔 쳐다보고는 못마땅한 듯 말했다.

"쯧! 바닥에 앉아서 뭐 하니, 품위 없게!"

난 다시 할머니를 부를 엄두가 안 나서 잠자코 기다렸다. 할머니가 스스로 나오고 싶어질 때까지.

〔7월 2일〕타이둥: 맑음.

할머니들과 함께하는 여행의 가장 큰 단점은 다들 엄청나게 일찍
일어난다는 거다. 어린이한텐 잠이 필요하다는 점을 전혀 고려하지
않는다. 특히 나 같은 '다육 동물'은 금세 숨이 차고 쉽게 지치기
때문에 체력을 보충하려면 더 많이 자야 한다. 게다가 타이둥의
태양이 할머니들보다 더 일찍 하루를 시작하는 통에 나는 할머니의
성화에 못 이겨 아침 여섯 시에 눈을 떴다.

"해가 벌써 중천에 떴는데, 안 일어나니?"

할머니는 과장이 좀 심한 것 같다. 동부가 서부보다 동트는 시간이 조금 더 빠르긴 하겠지만 그래도 그렇게나 일찍 해가 중천에 뜰 리 없었다. 우리가 지금 태평양 한가운데 있는 게 아니고서야 말이다. 물론 할머니와 논쟁을 벌여 봤자 소용이 없다는 건 나도 잘 안다. 아마 할머니는 그저 이렇게 말할 거다.

"조그만 게 말대꾸하기는, 혼나고 싶어서 근질근질하구나!"

할머니는 야단을 치더라도 손가락으로 내 머리를 툭툭 찌르는 정도이지 손찌검한 적은 한 번도 없다. 사실 할머니는 나를 끔찍이 아낀다. 할머니와 가장 친한 사람이 나니까.

호텔에서 아침 식사를 마친 뒤, 십원 할머니가 우리를 인근의 '중앙 시장'으로 데려갔다.

"설마! 할머니, 나라를 절반이나 돌아서 타이둥까지 와서는 겨우 시장이나 구경하려고요?"

난 황당해서 입이 턱밑까지 벌어질 정도였다.

"꼬마 참견쟁이야, 우리라고 그러고 싶겠니? 이 시간에 여는 데가 재래시장밖에 없으니까 그렇지. 게다가 안 파는 게 없잖아. 네가 갈아입을 속옷이랑 겉옷 사러 온 거지."

"맞다! 어제 옷을 그대로 입고 있다는 걸 깜빡 잊고 있었어요."

할머니는 내게 가장 싼 일회용 속옷과 갈아입을 옷 몇 벌을 골라 주셨다. 내 물건까지 사기에는 할머니 수중에 있는 돈이 충분하지 않은 데다, 난 덩치가 큰 편이고 할머니는 마른 편이라서 몇 벌은 둘이 같이 입어도 된다고 했다.

그 말을 듣고 하마터면 눈물이 나올 뻔했다. 나더러 할머니 옷을 입으라고? 내가 지금 가진 돈이 없고 수영을 못 하니까 망정이지, 마음 같아선 바다를 헤엄쳐서 집에 돌아가고 싶었다.

＊＊

옷도 다 샀으니 이제부턴 놀러 다닐 일만 남았다. 그런데 십원 할머니가 우리를 경찰서로 데려갔다. 우리가 잃어버린 게 있었나? 아니, 나쁜 사람을 만났나? 아닌데! 그럼 경찰서엔 왜 온 거지? 자초지종은 모르겠지만 난 속으로 환호성을 질렀다. 경찰서를 다 들어가 보다니, 그 어떤 관광지보다 흥미진진했다.

하지만 십원 할머니와 수뉘 할머니는 언제나처럼 또 신경전부터 벌였다.

"이런 데를 왜 데리고 와? 너, 머리가 어떻게 된 거 아냐?"

수뉘 할머니가 아이라인을 칠한 큰 눈을 부릅뜨며 따졌다.

"내가 볼일이 좀 있어서."

십원 할머니가 말했다.

"그럴 줄 알았어! 타이둥에 오자더니 자기 볼일 보러 온 거야? 넌 꼭 그러더라. 귀찮은 일이 생길 때만 사람을 찾잖아. 볼일이 있으면 혼자 보지, 왜 우리까지 끌고 와? 경찰서라니, 안에 온갖 범죄자들이 우글거릴 텐데. 아이고, 세상에나. 간 떨어지겠네!"

흥분한 수뉘 할머니가 저도 모르게 손가락 세 개를 뻗어 오른쪽 눈가를 눌렀다.

"하긴! 너 같은 귀부인은 안 들어가는 게 좋겠다. 온몸에 부티가 줄줄 흐르는 걸 안에 있는 나쁜 놈들이 보면 납치하고 싶을 테니까!"

십원 할머니가 말했다.

"퉤, 퉤! 불길한 소리! 부정 타게 왜 악담을 하고 그래?"

수뉘 할머니는 얼굴이 벌겋게 달아올랐다. 정수리에서 당장이라도 펄펄 김이 날 것 같았다.

"가자! 어차피 우리는 어디로 가야 할지도 모르니까 같이 가 주지, 뭐. 관세음보살이 널 지켜 주실 거야!"

우리 할머니가 수뉘 할머니의 옷깃을 잡아끌었다.

"맨날 내 옷 좀 잡아당기지 마, 늘어나겠어!"

수뉘 할머니가 옷자락을 탁탁 털었다.

"내가 기껏 여기까지 와서 경찰서나 들락거릴 정도로 재수가 없진
않아."

십원 할머니가 말하고는 우리 할머니를 돌아봤다.

"그러지 말고 네가 절에 가서 부적이라도 한 장 받아다가 수뉘
이마에 붙여 줘. 어딜 가든 온갖 흉악범이 안 들러붙고 천년만년
행운이 따르게!"

십원 할머니는 그러고는 홱 돌아서더니 곧장 경찰서 안으로
들어갔다. 우리도 하는 수 없이 줄줄이 따라 들어갔다. 수뉘 할머니
혼자 입구에 버티고 서 있었다. 난 수뉘 할머니를 등지고 서 있는데도
할머니의 가슴팍이 씩씩대는 게 느껴졌다. 마치 바람 넣는 펌프가
자전거 바퀴에 세차게 공기를 주입해 대는 것처럼 말이다. 저러다
공기가 너무 많이 들어가서 할머니의 가슴이 폭발하는 건 아닌지
나는 겁이 났다.

***

할머니를 따라 가출도 하고 심지어 경찰서까지 들어와 보다니!

이렇게 짜릿할 수가. 다만 사방을 샅샅이 둘러봐도 덩치가 집채만 한 악당은 안 보여서 아쉬웠다. 영화에서처럼 경찰들이 바닥에다 범인을 제압하는 아슬아슬한 장면도 물론 없었다. 그래도 경찰관 아저씨가 허리춤에 찬 총은 똑똑히 봤다. 그 정도면 여기까지 따라온 보람이 있었다. 나중에 집에 돌아가면 친구들한테 한바탕 자랑해야지.

경찰관 아저씨가 우리를 불러 책상 앞에 둘러앉게 했다. 맨 뒤에 있던 내가 의자를 끌어다 앉으려는 찰나였다. 난데없이 누군가 나타나서 내 의자를 낚아채는 바람에 하마터면 난 바닥에 엉덩방아를 찧을 뻔했다.

"수뇌 할머니! 바깥에서 기다리시겠다면서요?"

"왜 소리를 지르고 그러니? 난 들어오면 안 돼?"

수뇌 할머니가 말했다.

"그게 아니라…… 여기 들어오면 재수 없다고 하셨잖아요."

"쉿! 조용히 해."

수뇌 할머니가 검지를 입술에 가져다 댔다.

"바깥이 너무 더워서 에어컨 쐬러 들어왔다."

그러더니 뒤쪽에 있는 의자를 가리켰다.

"꼬마는 저기 가서 앉아."

이어서 수뉘 할머니는 고개를 비스듬히 기울이고 목을 길게 빼서 십원 할머니와 경찰관 아저씨 쪽으로 귀를 최대한 가까이 갖다 댔다.

***

알고 보니 십원 할머니는 예전에 타이둥에서 산 적이 있었다. 아주 할머니가 어쩌면 유방암에 걸렸을지도 모른다는 소식에 충격을 받은 후, 아주 할머니를 데리고 바람도 쐴 겸 그리고 지난 오십 년간 마음속에 묻어 둔 고민이 평생의 한으로 남게 하지 않으려고 이곳에 온 거였다.

십원 할머니가 경찰서를 찾은 건 할머니의 첫사랑인 '장푸싱' 씨를 찾기 위해서였다.

경찰서의 일 처리는 생각보다 신속했다. 오후 당직이라는 경찰관 아저씨가 십원 할머니에게 전화로 소식을 알려 왔다. 1960년대에 베이난(타이둥에 속한 지역)은 전국에서 면적이 가장 넓은 향(대만의 행정 구역 단위로, 우리나라의 면과 유사하다.)으로, 그 안에 마을이 스물세 개가 있었다고 한다. 1974년 타이둥이 진(대만의 행정 구역 단위로, 우리나라의 군과 유사하다.)에서 시로 승격되면서 그 주변의 번화한 마을 열 개가 시내로 편입됐고, 그즈음 큰 재해까지 닥치는 바람에 주민들의 호적 서류 일부가 소실됐다. 현재 남은 자료를 기준으로 아직 타이둥이나 베이난에 살면서 나이대가 맞는 장푸싱 씨는 세 명인데, 한 명은 재작년에 사망해서 시립 묘지의 납골당에 모셔져 있고, 나머지 두 명은 각각 타이둥과 베이난에 거주 중이라고 했다.

경찰관 아저씨는 무슨 정보 보호법 때문에 그분들의 자세한 주소를 알려 주기는 어렵다고 덧붙였다. 그 대신 그분들에게 사전에 전화해서 물어봤는데 다들 '류수위안'이라는 사람을 모르더라고 전했다.

통화가 끝난 후 십원 할머니가 우리에게 말했다.

"어차피 진작에 마음의 준비는 했어. 만사가 어디 사람 뜻대로 되나, 다 하늘에 달린걸. 그저 해 보는 데까지 하는 거지!"

말을 마친 십원 할머니가 입가를 끌어 올려 억지로 미소를 지어 보였지만, 두 눈은 쉼 없이 깜빡였다.

***

그날 밤 우리는 철도 예술촌에 갔다. 타이둥에 도착한 뒤로 이틀 동안 제대로 구경한 관광지는 거기가 처음이었다. 옛 기찻길을 따라 양쪽 가로수에 그림이 그려진 초롱이 매달려 있고, 그 주변으로 푸르른 잔디밭이 어우러져서 굉장히 예뻤다. 보도 옆엔 특색 있는 목재 건축물뿐만 아니라 컨테이너를 쌓아 만든 예술품 장터도 있었다. 수뉘 할머니가 손녀에게 줄 기념품을 사야겠다고 말하며 드디어 인상을 조금 폈다.

한참을 걷다 보니 문득 십원 할머니의 모습이 보이지 않았다. 평소엔 십원 할머니만 봤다 하면 입씨름을 벌이는 수뉘 할머니가 어쩐 일인지 필사적으로 사람을 찾았다.

"괜찮아! 금방 따라올 거야."

아주 할머니가 말했다.

수뉘 할머니가 정색했다.

"이런 때에 어떻게 사람을 혼자 둬? '양산백과 축영대' 이야기(중국에 널리 알려진 민간 설화)도 몰라? 축영대가 마문재에게 강제로 시집가게 돼서 양산백이 한을 품고 죽었잖아. 근데 축영대가 시집가는 길에 별안간 바람이 거세게 불어서 혼례 행렬이 멈췄고, 하는 수 없이 가마에서 내린 축영대가 길가에 있는 양산백의 무덤을 발견했지. 축영대가 슬퍼하며 제를 올리자 무덤이 쩍 하고 반으로 갈라져서

축영대가 그 속으로 뛰어들었다잖아. 훗날 무덤가에 나비 한 쌍이
찾아와 훨훨 날아다녔다지."

수뉘 할머니가 눈물을 글썽였다.

"그 영화를 열 번 넘게 봤는데 볼 때마다 눈물이 나더라. 생각해
봐, 장푸싱이 세 명인데 하나는 죽고 둘은 십원을 모른다잖아. 십원의
심정이 어떨 것 같아? 죽도록 사랑한다는 말이 왜 있겠어. 자고로
수많은 영웅호걸도 사랑에 죽고 살았는데 우리 같은 여자들은 말할
것도 없지."

난 '양산백과 축영대'는 모르지만 '로미오와 줄리엣'은 안다.

로미오와 줄리엣의 가문은 대대로 원수지간이었는데, 한 무도회에서 만나 서로 첫눈에 반했고, 사랑에 빠진 둘은 혼인을 서약하며 평생을 함께하기로 한다. 그런데 아버지의 강요로 다른 사람과 원치 않는 결혼을 하게 된 줄리엣은 수도사에게 도움을 청한다. 수도사는 줄리엣을 위해 마시면 죽은 것처럼 보이는 특별한 약을 준비하는 한편, 로미오에게 편지를 보내 무덤을 열고 들어가 줄리엣을 깨우라고 전한다.

줄리엣은 계획대로 가짜 독약을 마셨지만, 로미오는 수도사의 편지를 받지 못한 채 줄리엣이 이루지 못한 사랑 때문에 목숨을 끊었다는 소식만 듣는다. 줄리엣의 무덤에 도착한 로미오는 그 안에 누워 있는 줄리엣을 보고 슬픔을 참지 못해 단검을 꺼내 목숨을 끊는다. 잠시 후 서서히 깨어난 줄리엣은 사랑하는 로미오가 옆에 죽어 있는 걸 발견하고, 로미오의 몸에 꽂힌 단검을 빼서 로미오와 함께 생을 마감한다.

"외국에도 양산백과 축영대가 있는 줄은 몰랐네."

수뉘 할머니가 손을 뻗었다. 다만 이번에는 주름살을 펴기 위해서가 아니라 눈가의 눈물을 닦기 위해서였다.

나는 생각할수록 십원 할머니가 걱정이 돼서 수뉘 할머니의 옷깃을 잡았다.

"혹시 십원 할머니가 그 돌아가신 장푸싱 할아버지를 찾으러 갔을까요?"

"아이고, 아미타불! 묘가 한두 개도 아니고 어디 가서 찾아?"

우리 할머니가 펄쩍 뛰었다.

"바보 같긴! 십원이 설마 이 시간에 묘지에 갔겠어? 장푸싱이란 사람이 타이둥 시립 묘지에 화장되어 있다고 경찰이 그랬지만 그게 진짜 십원이 찾는 사람이 맞는지 어떻게 알아? 더군다나 벌써 밤 아홉 시가 다 됐는데 찾긴 어디 가서 찾아! 내가 아까 한 말은, 오십 년이나 지났는데도 그 사람을 찾겠다고 여기 온 십원의 마음이 축영대처럼 아플 거란 뜻이야. 남편이 죽은 지도 십 년이 넘었는데, 어렵게 찾아 나선 첫사랑마저 세상을 떠났을지 모른다면 지금 심정이 얼마나 괴롭겠냐고. 그런 사람을 혼자 내버려둘 수는 없지."

"너도 참, 심성은 곱단 말이야. 입이 안 고와서 그렇지!"

우리 할머니가 수뉘 할머니를 토닥였다.

수뉘 할머니가 눈을 흘겼다.

"내 입이 어때서? 있는 그대로 말하는 건데."

"빨리요!"

내가 재촉했다.

"이러다 십원 할머니가 나비로 변하겠어요!"

***

우리는 지나온 길을 한참이나 되짚어 돌아간 끝에 드디어 십원 할머니를 찾았다. 십원 할머니는 플랫폼 옆 의자에 말없이 앉아 있었다. 우리는 조용히 옆에 가서 앉았다. 십원 할머니가 우리를 힐끗 보고는 입가에 살짝 미소를 지었다. 그러고는 플랫폼 쪽 벽을 가리키며 말했다.

"예전에 저기에 게시판이 있었어. 그땐 핸드폰은커녕 전화도 없을 때라, 기차역에서 만나기로 약속했다가 엇갈리거나 다른 전할 말이 생기면 다들 게시판에 써 놨지. 별별 내용이 다 있어서 정말 볼만 했어. 이를테면, '뉴자이, 너희 닭이 우리 집에 있으니까 즈번(타이둥에 속한 지역)에서 돌아오거든 와서 잡아가!'라거나, '아슝, 엄마가 그러는데 네가 돌아오면……' 하고 뒷부분이 지워져 있던 글도 있었다니까. 하하하! 나랑 장푸싱도 마찬가지였어. 만날 수 없을 땐 게시판에 글을 적어 놓곤 했거든."

그해, 십원 할머니는 열여덟 살 된 설탕 공장 직원이었고 장푸싱 할아버지는 스무 살의 아메이족(대만 섬에 터를 잡고 살던 원주민 부족)

청년으로 정미소에서 일했다.

　어느 날이었다. 소녀 십원은 집에 가는 버스를 타려는 참이었고 청년 장푸싱은 북부행 기차를 타러 가는 길이었다. 정신없이 걸음을 재촉하던 두 사람은 기차역 앞에서 서로 부딪치고 말았다. 그 바람에 십원이 들고 있던 도시락이 바닥에 쏟아졌다. 둘은 황급히 허리를 굽혀 사방에 흩어진 음식물을 주워 담았지만 결국 타야 할 기차 시간을 맞추지 못했다. 다음 차를 기다리며 한 시간 남짓 이야기를 나누는 사이, 장푸싱은 마음에 사랑이 싹텄다. 그날 이후 그는 이런저런 구실로 같은 시간에 기차역에서 십원을 기다렸고 어느덧 두 사람은 연인이 되었다.

　수확 철이 되자 정미소의 일이 늘면서 장푸싱이 기차역에 나가지 못하는 날이 생겼다. 그때마다 그는 빈 시간에 기차역에 들러 십원에게 쪽지를 남겼고, 십원은 그가 퇴근한 후에 확인할 수 있게 답글을 적어 놓았다. 그렇게 두 사람은 온종일 그리워한 마음을 몇 글자에 담아 서로에게 전했다.

　그런데 둘이 데이트하는 장면을 우연히 목격한 누군가가 십원의 아버지에게 귀띔했다. 아버지는 원주민 따위가 어떻게 감히 자기 딸을 넘보느냐며 펄쩍 뛰었다. 하지만 사랑이란 본디 그만두라고 하면 할수록 깊어지는 법. 그렇지 않다면 양산백과 축영대도 없었을 테고, 로미오와 줄리엣 이야기도 없었을 테니까!

십원과 장푸싱은 출근하는 척 집을 나와 함께 도망가기로 약속했다. 집을 떠나기 전, 십원은 아쉬운 마음에 엄마에게 작별 인사를 했다. 십원이 대놓고 말하지는 않았어도 딸의 행동을 수상하게 여긴 엄마가 곧장 아버지에게 알렸고, 결국 십원은 그대로 붙잡혀 외출을 금지당했다.

방 안에 갇힌 십원의 흐느끼는 소리가 며칠씩이나 온 집 안에 울려 퍼졌다. 십원은 심지어 물 한 모금 마시지 않으며 의지를 꺾지 않았다. 그렇지만 마찬가지로 고집 센 아버지는 눈 하나 꿈쩍하지 않았다. 몇 명이 달라붙어 억지로 음식을 먹이다가 십원이 이를 악물고 버티는 바람에 입이 온통 피투성이가 되기도 했다.

십원 할머니가 일 센티미터쯤 되는 입가의 흉터를 가리키며 말했다.

"이게 우리 아버지가 나한테 죽을 먹이다가 생긴 거야! 그때 입안에서 느껴지던 비릿한 맛이 아직도 생생해."

시간이 흐르면서 십원은 문득 깨달았다. 이대로 죽으면 장푸싱을 영영 못 볼 테고, 또 자기가 얼마나 사랑하는지 그가 알 수 없을 거라고 말이다. 그때부터 밥을 먹기 시작했다. 씩씩하게 살면서 사랑을 위해 더 열심히 싸워야겠다고 생각했다.

"그로부터 한 달 후, 우리 언니랑 오빠가 외할머니를 문병하러 간다며 날 데리고 기차역에 갔어. 그때 기회를 봐서 게시판을 들여다봤더니 글쎄, 장푸싱의 쪽지가 있더라고. '오늘, 같은 시간에 기다릴게.' 하고 말이야. 근데 밑에 적힌 날짜가 바로 그날이었어. 그제야 알았지, 그가 날마다 기차역에서 날 기다렸다는 걸."

십원 할머니는 그 게시판이 아직 붙어 있기라도 한 듯 벽을 바라보며 말을 이었다.

"너희는 모를 거야. 그때 내가 그 글을 보면서 얼마나 마음이 미어졌는지……. 한 글자, 한 글자가 가슴에 박이는 거 같았어. 내가 어떤 상황인지 그 사람 쪽지 밑에 몇 자 남기고 싶었지만, 손에 분필을 쥐자마자 언니랑 오빠한테 붙잡혀서 기차에 올랐고, 그길로 타이둥을 떠나게 됐어. 그 뒤로 여기서 그가 나를 얼마나 더 오래 기다렸을까?"

"십원 할머니……."

내가 물었다.

"그럼 수웨이 오빠의 할아버지가 마문재인 셈이에요?"

"하하하!"

웃음이 터진 십원 할머니가 너무 크게 웃느라 눈가에 맺힌 눈물을 옷자락으로 닦았다.

　"카이팅, 내 남편은 마문재가 아냐! 나한테 잘해 줬고, 또 우린 서로 진심으로 사랑했거든. 옛말에 배필은 하늘이 정해 준다잖니. 전생에 원수였던 사람끼리 현생에서 부부로 맺어진다고. 그러니까 같이 있으면 지지고 볶고 다퉈도 부부 싸움은 칼로 물 베기지. 안 싸우는 부부가 어디 있겠어! 그래도 우리 부부는 서로 의지하며 함께 가정을 일궈 냈단다. 남편이 명이 짧아서 내가 쉰 몇 살에 과부가 되긴 했지만, 그 사람과 결혼한 걸 후회한 적은 한 번도 없어. 남편이 죽기 전에 내 손을 꼭 잡고 그러더라, '수위안, 나 떠난 뒤에 혹시 좋은 사람을 만나거든 재혼해!'라고."

　십원 할머니가 잠시 말을 끊었다. 입을 꼭 다문 채 먼 곳을 응시하며 숨을 한 번 들이마시고는 얘기를 계속했다.

　"난 거기엔 대답하지 않고 그저 이렇게만 말했어. 집 걱정은 일절 하지 말고 마음 놓고 가라고."

　"그럼, 만약에 수웨이 오빠의 할아버지랑 장푸싱 할아버지가 동시에 나타나면요? 할머니는 누구를 택할 거예요?"

　내가 물었다.

"그렇게 비교하긴 어렵지. 장푸싱과 내가 서로 사랑하긴 했지만, 남편하고는 사랑 말고도 가족의 정이란 게 있으니까. 장푸싱을 떠나지 않았다면 남편을 못 만났을 거 아냐. 남편과 살면서 장푸싱을 생각한 적도 없고! 그러니까 누구를 택할지 나도 잘 모르겠다."

십원 할머니가 잠깐 생각하더니 덧붙였다.

"인생을 살다 보면 가슴에 남는 아쉬움이 한둘이 아니지만, 적어도 내가 언젠가 누군가의 믿음을 저버렸다는 죄책감을 안고 불편한 마음으로 관 속에 들어가고 싶지는 않아."

십원 할머니의 이야기는 무척 감동적이었지만 나는 왠지 들을수록 헷갈렸다. 도대체 사랑이란 뭘까? 수웨이 오빠의 할아버지가 마문재가 아니라면, 어째서 십원 할머니는 양산백을 찾으려는 거지?

〔7월 3일〕타이둥: 구름 많다가 갬.

아침 일찍 수뉘 할머니가 오늘의 일정을 시립 묘지 나들이로 정하자고 나섰다.

"네가 남의 일을 거들다니, 참 별일이네!"

우리 할머니가 수뉘 할머니를 툭 치며 말했다.

"경찰서에 가는 것도 부정 탄다면서? 묘지는 더 불길하지 않겠어?"

아주 할머니가 물었다.

"난 그냥, 이왕 여기까지 온 거 끝까지 도와주자는 거지. 의리 없다고 원망 듣기 전에 말이야."

수뉘 할머니가 말했다.

"미리 말해 두는데, 나중에 재수 없는 일 생겼다고 날 원망하기만 해 봐!"

때마침 굵은 땀방울이 오른쪽 눈으로 흘러 들어간 십원 할머니가 눈을 깜빡이며 말했다.

"이럴 줄 알았어! 은혜를 원수로 갚는다더니. 됐어, 안 갈 거면 관둬. 누구는 뭐 좋아서 가자는 줄 알아?"

수뉘 할머니가 팩 돌아섰다.

"하여간 너희 둘은! 전생에 원수지간이었나, 만나기만 하면 싸워 대니 참. 좋은 일 갖고도 이렇게 입씨름을 해."

우리 할머니가 말했다.

"어서 가자고. 그나저나, 나도 미리 말해 둘 게 있어. 내가 지금 가슴에 몹쓸 것이 있으니까 납골당 안에는 같이 안 들어갈 거야. 귀신이 구천을 떠돌다 나한테 들러붙어서 자기 대신 저승길 가라고 하면 큰일이잖아! 게다가 안을 둘러봤다가는 괜히 마음이 좀……."

아주 할머니가 얘기하다 말고 걸음을 멈췄다.

"저기, 만약에……."

"만약에 뭐?"

십원 할머니가 물었다.

"만약에……."

아주 할머니가 저도 모르게 손을 가슴에 가져다 댔다.

"만약에 어느 날 내가 죽으면 화장하고 남은 재를 납골당 안에 둘텐데, 그럼 어떤 모습일까 싶어서."

"쓸데없는 소리! 아직 아무 일도 안 일어났는데 별생각을 다 하네!"

십원 할머니가 말했다.

"죽는 건 겁나지 않아. 식구들이 눈에 밟혀서 그렇지. 너희를 못 보게 되는 것도 아쉽고. 그리고 아는 사람 하나 없는 낯선 곳에 갇혀 있으면 못 견디게 심심할 것 같아. 난 낯가림도 심하니까 만약에 내가 먼저 죽으면 너희가 나 보러 자주 와 줘야 해."

"퉤, 퉤! 죽는다는 소리 다시는 꺼내지 마. 넌 복도 많고 명도 길어서 백이십 살까지 살 테니까!"

그런데 수뉘 할머니의 목소리가 갑자기 작아졌다. 수뉘 할머니

본인과 바로 옆에 서 있는 나한테만 들릴 정도로 가냘픈 소리였다.

"걱정하지 마. 진짜 네가 먼저 떠나면 다들 너 보러 꼭 갈 테니까. 혹시 내가 먼저 죽는다면 그건 알 수 없지만!"

수뉘 할머니는 내가 고개를 돌려 자기를 쳐다보는 걸 알면서도 못 본 체했다.

손목에 차고 있던 염주를 언제 뺐는지 우리 할머니가 합장하며 말했다.

"부처님이 보우하사! 부처님이 보우하사! 아주, 겁낼 거 없다! 이 염주를 빌려줄 테니까 차고 있어. 그럼 귀신이 못 달라붙을 거야."

우리 할머니가 아주 할머니의 손목에 염주를 채워 줬다. 십원 할머니는 아주 할머니의 손을 꼭 잡았고, 수뉘 할머니는 아주 할머니의 어깨를 감싸안았다.

***

저 멀리 푸른 산과 흰 구름이 보이는 경치 좋은 곳에 지어 놨어도 어쨌든 납골당은 죽은 사람들이 잠든 곳이다. 게다가 햇볕이 뜨거운 7월에 버스를 한참이나 타고 간 우리는 너 나 할 것 없이 완전히 녹초가 됐다.

입구에 막 도착했을 때였다. 인정사정없고, 피도 눈물도 없고, 양심도 없고, 어린이 괴롭히기가 전문인 이 할머니들이 나를 십원 할머니 옆으로 떠밀며 말했다.

"애들은 양기가 강해서 귀신도 피하는 법이지! 카이팅, 네가 십원이랑 같이 들어갔다 와."

"제가요?"

내가 손가락으로 내 얼굴을 가리키며 말했다. 너무 놀라서 손가락에 힘이 잔뜩 들어갔다. 거의 코끝을 뚫을 기세였다.

"저랑 십원 할머니만요? 싫어요! 세상에서 귀신이 제일 무섭단 말이에요!"

"착하지, 카이팅. 너도 잘 알잖아. 늙은이들이 이런 델 가장 꺼리는 거! 기가 약한 사람은 여기 떠도는 귀신에 씔지도 몰라. 병마가 들러붙거나 액운이 낄 수도 있고. 할머니들이 그렇게 되면 좋겠니? 사실 입구에 있어도 안심할 수 없긴 한데, 우린 여기서 아주 할머니한테 기운을 불어넣고 있을게. 나쁜 운이 가까이 못 오게."

수뉘 할머니의 목소리는 잔잔한 물결처럼 한껏 부드러웠다. 난 온몸에 닭살이 돋았다.

참 나, 수뉘 할머니가 칭찬을 한다고? 여태 한 번도 나한테 착하다고 말한 적 없으면서…… 무슨 속셈이람?

"그래! 맞아! 사람들이 그러는데, 애들은 기가 세서 귀신도 겁낸다더라! 넌 별 탈 없을 거야."

우리 할머니가 말했다.

맙소사! 우리 할머니 맞아? 나더러 귀신을 겁주러 가라니!

"할머니, 나 안 갈래요!"

"있잖아, 절에 사는 도사님한테 들었는데, 사람 침에 양기가 많아서 귀신이 엄청 무서워한대. 자, 이리 온! 할머니가 네 얼굴에다 침 발라 줄게. 그럼 귀신이 얼씬도 못 할 거야!"

할머니가 손바닥에다 침을 "퉤, 퉤, 퉤!" 세 번 내뱉더니 두 손을 비비고 내 얼굴 쪽으로 다가왔다. 순식간에 벌어진 일이었다. 난 잽싸게 옆으로 몸을 피했다.

"으악, 할머니! 왜 그러세요?"

"괜찮아, 나 혼자 들어가면 돼."

십원 할머니가 땀을 줄줄 흘렸다. 손수건으로 연신 땀을 훔쳐서 이마가 빨갰다. 땀을 안 닦는 동안에는 손수건을 짤 수 있을 정도로 움켜쥐었다.

"그래도 카이팅더러 같이 가자고 해!"

우리 할머니가 나를 십원 할머니에게 가까이 밀어붙이려고 손을 뻗었다. 난 침 범벅된 할머니의 손이 귀신보다 더 무서웠다.

"알았어요, 알았다고요! 에잇."

내가 분을 이기지 못하고 발을 동동 굴렀다.

"착하지! 이따 맛있는 햄버거 사 줄게."

우리 할머니가 말했다.

***

납골당 관리원 아저씨의 말에 따르면 장푸싱 할아버지는 왼편 행복동 둘째 열, 여덟째 칸에 '입주'해 있다고 했다. 아저씨는 우리를 데리고 걸어가는 동안 여기 시설이 얼마나 좋은지, 주변 환경이 얼마나 아름답고 고즈넉한지에 대해 끊임없이 떠들어 댔다. 또 이곳에 입주하면 '앞뒷집'과 '아래윗집'의 이웃들과도 즐겁게 살 수 있다며 허풍을 떨었다. 추모하러 온 어떤 가족에게서 들었다는 얘기도 보탰다. 고인이 가족의 꿈에 나타나 여기서 지내는 게 참 좋다고 말했다는 거다. 심지어 이웃과 같이 놀게 특별히 장기 한 세트를 불에 태워서 자기한테 보내라고 부탁까지 했다나.

관리원 아저씨는 마치 이 좋은 곳에 우리가 하루빨리 '이사' 들어와서 살기를 바라는 것처럼 사방에 침을 튀기며 열변을 토했다. 아이고! 제발 조용히 좀 해 주시면 안 될까요?

복도를 사이에 두고 양쪽 벽에 교과서만 한 크기로 칸칸이 나눠진 찬장이 들어차 있었다. 상판은 하얗고 테두리는 금색으로 칠해진 찬장이었다. 그 휘황찬란한 길을 걷자니 나는 어쩐지 현기증이 나는 것만 같았다. 칸마다 조그만 사진이 한가운데에 붙어 있었다. 난 십원 할머니의 등 뒤에 바짝 달라붙어 걸으면서도 자꾸만 그 사진들을 힐끔힐끔 쳐다봤다. 상상했던 것보다 무섭지는 않았지만 그래도 등골에 식은땀이 줄줄 났다. 적어도 이런 납골당이라면 십원 할머니가 축영대처럼 무덤 안으로 뛰어들 수는 없을 테니까, 그 점은 무엇보다 다행스러웠다.

십원 할머니의 뒤에 숨어 옷을 붙잡고 걷는 내내 할머니의 몸이 가늘게 떨리고 있다는 게 옷자락에서도 느껴졌다.

얼마나 걸었을까, 관리원 아저씨가 우리에게 알렸다.

"이쪽이 장푸싱 씨예요."

내가 고개를 들자마자 굳은 표정으로 눈을 커다랗게 뜬 십원

할머니의 얼굴이 보였다. 할머니는 나이가 들어 어두워진 눈을 가늘게 뜨며 작은 사진에 얼굴을 가까이 댔다. 잔뜩 힘주어 실눈을 뜨느라 할머니의 볼살이 파르르 떨렸다. 입술은 앙다물고 팔다리는 얼어붙어 있었다. 1초, 2초…… 5초, 10초가 지났다. 난 감히 할머니를 방해할 수 없었다. 오십 년 만에 보면 누구든 얼굴에 세월의 흔적이 남아 있을 테니까.

돌연 십원 할머니의 두 뺨이 부드러워졌다. 빳빳하게 굳었던 몸이

풀리더니 입가에는 연하게 미소가 번졌다. 그런데 웬일인지 할머니의
눈에 눈물이 맺혔다.

"그 사람이 아니야, 내가 아는 장푸싱이 아니야."

어찌 됐든 우리가 찾아와서 폐를 끼쳤으니 그분께도 인사를
올렸다. 십원 할머니가 향을 손에 들고 중얼중얼 기도했다. 난 도저히
이해가 안 됐다. 이분이 그 장푸싱 할아버지도 아닌데 십원 할머니는
왜 웃었다 울었다 하는 거지? 그리고 누군지도 모르는 이 장푸싱
씨한테 향까지 든 채 저렇게 한참을 얘기하다니, 도대체 무슨 할 말이
있길래?

납골당 나들이를 마치자 할머니들은 일단 숙소에 돌아가 샤워부터
하자고 이야기했다. 원래는 시간이 반나절이나 남아서 곧바로
다른 곳에 놀러 갈 수 있었는데 말이다. '길하지 않은 곳'에 갔으니
나쁜 기운을 털어 내지 않으면 액운이 낄지도 모른다나. 다들 뭔가
착각하셨나 본데, 길하지 않은 곳에 간 사람은 할머니들이 아니라
나다. 할머니들은 납골당 입구의 큰 나무 그늘에서 시원하게 기다리고
있었으면서. 나무 위에서 새가 할머니들한테 똥이라도 싼 게 아니면
왜 샤워를 해야 하지?

***

보통은 호텔에 돌아오면 내가 가장 먼저 씻었다. 나중에 우리 할머니와 수뉘 할머니가 차례로 샤워를 마칠 때쯤엔 난 이미 곯아떨어져 있었다. 하지만 오늘은 납골당에 다녀온 바람에 잠들 시간이 아니었다. 그리하여 난 마침내 수뉘 할머니의 가려진 참모습을 보았다.

내가 샤워를 끝내고 침대에 누워 티브이를 보고 있을 때였다. 목욕 가운을 걸친 수뉘 할머니가 머리에 커다란 터번처럼 수건을 두르고 욕실에서 나왔다. 수뉘 할머니를 본 순간, 이상한 점이 눈에 띄었다. 난 깜짝 놀라서 외쳤다.

"수뉘 할머니, 눈썹이 다 어디 갔어요?"

"쥐방울만한 게, 거참. 화장을 지웠으니까 눈썹도 없어진 거지. 이따 다시 그릴 거야!"

난 수뉘 할머니의 얼굴을 뚫어져라 바라보며 생각했다. 눈썹이란 게 딱히 쓸데는 없어도 없으면 어색한 것이라고 말이다. 그렇게 열심히 수뉘 할머니의 얼굴을 탐색하고 있는데, 우리 할머니의 핸드폰이 울렸다. 할머니가 전화를 받기 전에 내가 몸을 날렸다.

"어? 엄마 전화네!"

내가 전화를 받았다.

"엄마, 맨날 밤에 통화하지 않았어? 이 시간에 전화가 오길래 난 또 할아버지인 줄 알았잖아!"

"딸내미! 엄마 안 보고 싶어?"

"보고 싶어!"

내가 말했다.

"재밌게 놀고 있니?"

엄마가 물었다.

"음……."

난 어떻게 표현하면 좋을지 고민스러웠다. 아직 제대로 놀지 못했으니 재밌다고 말할 수는 없지만 그렇다고 재미없다고 할 수도 없었다. 다시없을 엄청난 경험을 했으니까! 내가 몇 초간 뜸 들인 끝에 대답했다.

"그럭저럭 괜찮아!"

내가 설명을 좀 보태려는데 엄마가 말을 잘랐다.

"할머니 좀 바꿔 줘."

전화를 넘겨받은 할머니는 "그래그래!", "응, 좋아.", "알았다!"라고만 몇 마디 한 뒤 전화를 끊었다.

"너는 참 복도 많아."

수뉘 할머니가 말했다.

"며느리가 전화도 하잖니. 나 봐, 우리 식구들은 나한테 관심이 없다니까. 어느 날 내가 밖에 나갔다가 죽어도 아무도 모를걸."

"그런 소리 함부로 하지 마!"

우리 할머니가 말했다.

난 좀 의아해하며 할머니를 쳐다봤다. 이전에 누가 죽는다는 둥 그런 말을 하면 할머니는 얼른 '아미타불', '관세음보살' 혹은 방정맞은 입 때문에 부정 탄 것을 내쫓는 주문 같은 말을 외웠을 거다. 그런데 지금은 조금 건성이었다.

"에이! 너한테만 털어놓는 거야. 우리 아들이랑 며느리는 있잖아, 핸드폰만 해도 그래. 일전에는 글쎄……."

주저리주저리 하소연을 늘어놓는 수뉘 할머니를 향해 우리 할머니가 지갑을 챙겨서 일어나며 말했다.

"네가 몰라서 그래! 전화한다고 다 챙겨 주는 건 아냐. 뭐 좀 사러 갔다 올게."

"할머니, 어디 가시게요?"

내가 재빨리 방을 나서는 할머니를 쫓아갔다.

***

난 할머니의 손을 잡고 타이둥 거리를 걸었다.

"할머니, 오늘 이렇게 많이 걸었는데 무릎 안 아프세요?"

"안 아파."

"그럼…… 괜찮으신 거예요?"

내가 조심스럽게 물었다.

"괜찮고말고!"

"기분이 안 좋으신 거죠?"

"아니야!"

"거짓말. 저한테 뭔가 숨기고 있는 거 다 알아요!"

할머니는 말없이 그저 입만 살짝 삐죽였다.

"아까 엄마가 전화로 할머니한테 뭐랬어요?"

내가 물었다.

"별거 아냐. 타이둥 특산물 사 오라더라. 고구마 과자랑
한단병(밀가루 피를 여러 겹 쌓아 안에 녹두 소를 넣고 둥글게 만든

과자)인가 뭔가. 네 할아버지가 그랬단다, 자기 친구들이 차 마시러 올
때 곁들여 먹으면 좋겠다고."

"근데 왜 할아버지가 직접 전화 안 했대요?"

"생각해 봐. 나한테 화를 낼 때는 언제고 특산품 사 오란 말을
어떻게 하겠니?"

"진짜 말도 안 돼요. 우리 사다 주지 말아요!"

"어떻게 안 사다 줘?"

이번에는 내가 말문이 막혔다. 난 차마 할머니를 바라볼 수 없었다.

설령 본다 해도 할머니가 내 시선을 피했겠지만, 나 역시 그런
할머니의 모습을 마주할 자신이 없었다. 우리는 내내 말없이 걸었다.
한참 만에 할머니가 혼잣말처럼 읊조리듯 말했다.

　"고구마 과자랑 한단병을 사 가면, 화를 좀 덜 낼지도 모르지."

　"네."

　내가 가만히 고개를 끄덕였다.

　"엄마가 또 뭐랬어요?"

　"언제 돌아오냐고 묻더라."

"그리고 또요?"

"그게 다야."

우리는 타이둥 번화가를 계속 걸었다. 거리는 오가는 차들로 북적였고 삼삼오오 뭉친 젊은이들이 웃고 떠드는 소리로 시끌벅적했다. 내 손을 가볍게 꼭 쥐며 할머니가 말했다.

"내 무릎이 안 좋은 걸 우리 집에서 너만 기억하고 있구나."

나도 할머니의 손을 힘주어 잡으며 특산품 가게에 들어섰다.

***

먹을 것을 사면서 하나도 즐겁지 않은 건 처음이었다. 호텔에 돌아온 뒤, 할머니는 가방에 특산품을 정리해서 넣었다. 그 틈에 내가 할머니 몰래 십원 할머니에게 찾아가 핸드폰을 빌렸다. 내 생각엔 할아버지가 다그치거나 화를 내도 엄마 아빠가 관심을 좀 가져 주면 할머니가 덜 외롭게 느낄 것 같았다.

난 엄마에게 전화를 걸었다. 통화가 연결되자마자 어찌 된 일인지 울음이 멈추지 않았다. 십원 할머니와 아주 할머니가 깜짝 놀란 건 말할 것도 없고, 엄마도 너무 놀란 나머지 당장 이쪽으로 달려올

기세였다.

"카이팅, 무슨 일 있어? 괜찮니?"

"나…… 난 잘 있어…….'

내가 흐느끼며 말했다.

십원 할머니와 아주 할머니가 나를 둘러싸고 이것저것 물었다.

"어디 아프니? 혹시 다쳤냐? 너희 할머니더러 병원에 데려가라고 해야겠다! 아니면, 너 대신 통화하라고 할까?"

"아니…… 아니요. 저 괜찮아요."

"그럼 왜 그렇게 울어?"

엄마가 잠깐 말을 끊더니 부드러워진 말투로 물었다.

"우리 꼬맹이, 엄마가 보고 싶어서 그래?"

"응!"

난 힘껏 고개를 끄덕였다.

"엄마도 딸 보고 싶어. 그래서 날마다 너한테 전화하는 거야."

"응. 나도 알아."

내가 코를 훌쩍였다.

"근데…… 여기 온 지 벌써 며칠이나 됐는데, 할머니를 보고 싶어 하는 사람은 아무도 없어. 아까 할머니랑 둘이 특산품 사러 가는 길에 할머니가 그랬어. 자기한테 신경 쓰는 사람이 아무도 없다고.
무릎도 안 좋은데……. 그저 특산품이나 사서 얼른 집에 돌아오라고만
한다고. 난 정말 할머니한테 뭐라고 말해야 좋을지 모르겠더라. 엄마,
내가 크면 엄마는 할머니처럼 안 되게 할 거야."

엄마는 아무 말도 없었다.

내가 콧물과 눈물을 깨끗이 닦고 방에 돌아왔을 때 우리 할머니는
전화를 받고 있었다. 할머니 표정이 조금 전과는 확연히 달랐다.
눈빛이 반짝이고 얼굴에 화색이 도는 게 목소리도 한껏 들떠 보였다.
통화를 마친 할머니는 내 눈이 부은 것과 코끝이 빨간 것도 전혀
알아채지 못한 채 싱글벙글 웃으며 말했다.

"방금 네 엄마랑 아빠가 전화했었다! 나더러 너무 많이 걷지 말고
조심히 다니라고 하더라. 또 잠은 잘 자냐고 묻더라고……."

단지 전화 한 통일 뿐인데 할머니가 그토록 좋아할 줄 몰랐다.
코끝이 찡해지면서 또 눈물이 쏟아졌다.

"카이팅, 왜 그러니?"

내가 고개를 세차게 가로저었다.

"아무것도 아니에요! 제가…… 방금 머리를 좀 부딪혔거든요."

할머니가 나를 품에 안았다.

"자, 뚝! 그만 울어. 할머니가 호 해 줄게."

***

그날 저녁, 다 같이 십원 할머니의 방에 모여 드라마를 봤다. 난 따분해서 아주 할머니 침대에 누워서 십원 할머니의 핸드폰을 갖고 놀았다. 내 계정을 찾아 어렵지 않게 로그인했다. 학교 컴퓨터 수업을 열심히 들은 보람이 있었다. 수업 시간마다 몰래 게임을 하거나 채팅을 주고받으며 노는 친구들도 있었는데 말이다.

광고가 나오는 틈을 타 아주 할머니가 별생각 없이 물었다.

"십원! 그 장푸싱 말이야, 자기가 어디 산다고 얘기한 적은 없어?"

"음……."

십원 할머니가 인상을 쓰며 곰곰이 생각했다.

"그런 것도 같고 아닌 것도 같고. 오십 년 전 일이라 가물가물하네. 어…… 산촌에 산다고 했나, 뭐 그런 얘기를 했던 것 같아."

"그건 당연한 거 아냐? 원주민이 산촌에 살지, 그럼 어디에 살아?"

수뉘 할머니가 눈을 치켜떴다.

난 침대에 비스듬히 기댄 채 무심히 손가락을 놀리며 인터넷

검색창에 '타이둥 아메이족 마을'을 입력했다. 그리고 그 순간, 고무줄이 튕기듯 벌떡 일어나 버렸다. 거짓말이 아니라 진짜로 일 미터쯤 튀어 오른 듯했다. 살면서 그렇게 높이 뛴 건 처음이었다.

"우아, 산촌! 산촌이에요!"

"깜짝이야! 얘가 뭘 잘못 먹었나!"

십원 할머니와 아주 할머니가 약속이나 한 듯 동시에 말했다.

"간 떨어질 뻔했잖니! 왜 소리를 지르고 그래!"

"아미타불! 카이팅, 너 진짜 어디에다 머리를 부딪힌 거니?"

우리 할머니가 물었다.

"십원 할머니, 장푸싱 할아버지가 북부행 기차를 탔다고 하지 않았어요? 기차 시간이 그다지 길지는 않았고요, 맞죠?"

내가 핸드폰으로 찾은 위치를 십원 할머니에게 들이밀었다.

"여기 아세요?"

난 떨려서 말도 잘 안 나왔다.

"여기 말이에요!"

"나한테 보여 주지 말고 그냥 말로 해."

십원 할머니가 눈을 깜빡이며 말했다.

"타이둥에서 좀 더 가면, 실제로 아메이족 마을이 하나 나오는데 거기 이름이…… 산촌이래요!"

"산촌?"

십원 할머니가 의아해했다.

(7월 4일) 타이둥: 맑다가 때때로 소나기.

산촌(아메이족 말로 '칼리토드'라고 부르며 산속의 촌락을 뜻한다.)은
베이난의 자평이란 곳에 있는데, 오늘 우리의 목적지가 바로 거기였다.

막상 찾아가려고 하니 십원 할머니는 망설이는 듯 보였다.

"경찰도 그랬잖아, 나머지 두 장푸싱은 날 모른다고 했다고. 어쩌면
내가 찾는 걸 원치 않는 건 아닐까? 아니면 아직도 날 원망할 수도
있고. 만나서 나한테 화내면 어쩌지? 그냥 관둘까 봐!"

"관둔다고?"

수뉘 할머니가 한 옥타브 높은 특유의 목소리로 말했다. 그러더니
할머니의 커다란 빨간 점이 순식간에 십원 할머니의 콧날을 향했다.

"너답지 않게 왜 그래? 거침없이 행동하던 넌 어디 갔지? 그날
타이베이 기차역에서 표가 없다고 했을 때 무조건 타이둥에 가야
한다고 우긴 사람이 누구더라? 오십 년 된 마음속 응어리를 풀고

싶다며?"

수뉘 할머니가 앙칼진 목소리로 사람을 바짝 몰아붙였다.

"이대로 짐 싸서 돌아가면, 네 응어리가 저절로 풀려?"

십원 할머니가 어쩐 일로 아무 대꾸 없이 억울한 아이 같은 표정을
지었다. 손수건으로 연신 이마를 훔치며 눈만 더 맹렬하게 깜빡였다.
그러다 간신히 입을 열었다.

"손가락 저리 치워!"

수뉘 할머니의 손가락이 그대로 허공에 멈춰 있었다.

"너, 눈 좀 그만 깜빡여. 내가 다 경련이 일어나겠어! 쯧, 너 때문에
주름살이 더 늘었다고."

수뉘 할머니가 손가락을 다시 자기 오른쪽 눈가에 가져다 댔다.
일부러 말을 잠깐 끊더니 이번엔 왼쪽 눈가를 지그시 눌렀다.

"그 장푸싱이란 사람이 아직도 널 원망할까 봐 여기까지 찾아온
거 아냐? 애초에 욕 몇 마디 들어야 마땅한 거잖아. 그래야 네
마음속 응어리가 풀릴 희망도 생길 테고. 오히려 욕먹을 기회조차
없으면 어떡할지를 더 걱정해야지. 더구나 네가 남이 욕한다고 겁낼
사람이니? 아니면…… 여든 살까지 먹은 다음에 또 오든가! 네가
여든이면 그 사람은 어찌 됐을지 알 수 없지만."

"가면 될 거 아냐!"

십원 할머니는 가슴을 쫙 펴며 용기를 내 보려고 했지만,
목소리에는 영 힘이 없었다.

***

우리는 타이둥 기차역에서 하루에 몇 편 다니지 않고, 흔히
'양철이'라고 불리는 구간 열차를 탔다. 이 열차는 다른 열차들과는
달리 외관이 양철 재질인 데다 내부 좌석이 긴 두 줄로 마주 보는
형태였다. 탑승 시간이 십 분도 채 안 되지만 산속 터널을 지나는
시간이 절반 이상이라 더 길고 지루하게 느껴졌다. 다른 할머니들이
이런저런 이야기를 나누는 동안 십원 할머니는 고개를 돌리고 깜깜한
창밖만 바라봤다.

산촌 역에 도착했을 때, 우리는 역을 나설 엄두가 나지 않았다.
관광객은커녕 현지 주민도 보이지 않았고 오로지 새소리만 들렸다.
혹시 버려진 마을은 아닐까 의심스러울 정도였다. 기찻길 한 가닥이
연결된 것만 빼면 그야말로 옛날 책에 나오는 무릉도원 같았다.

우리처럼 무리를 지은 사람들이 적막한 마을을 걷고 있으니 마치

영화 속 거대한 괴수가 된 것처럼 기세등등한 느낌이 들었다. 그렇다고 누군가가 우리 때문에 놀라는 일은 없었다. 어쩌다 길을 지나는 고양이와 강아지조차 우리를 거들떠보지도 않았으니까.

"어머나, 진짜 첩첩산중이잖아! 물 한 병 사고 싶어도 어디 파는 데도 없고, 더워 죽겠네!"

수뉘 할머니가 호들갑을 떨었다.

"말을 안 하고 걸으면 목도 안 마를걸."

십원 할머니가 말했다.

"그 정도는 아냐."

아주 할머니가 거들었다.

"기차도 다니니까 아주 외딴곳은 아니라고."

"맞아! 그리고 마을이 이렇게 작으니까 그나마 걸어 다니지. 아니면 난 다리에 힘이 풀려서 주저앉았을걸. 그럼 너희가 날 들 수나 있었겠니?"

우리 할머니가 분위기를 수습하려고 한 말이었지만, 난 할머니의 무릎 상태를 깜빡 잊고 있다가 황급히 손을 뻗어 할머니를 부축했다.

"할머니, 못 걷겠으면 말씀하세요!"

할머니가 미소를 지으며 내게 눈을 찡긋했다.

산촌은 고즈넉하고 평화로운 게 그야말로 '산촌' 마을이었다. 저 멀리 켜켜이 산등성이가 보이고 집이 언덕을 따라 옹기종기 들어서

있었다. 거리는 아담하고 가지런했으며, 길가의 나무마다 과일이 주렁주렁 매달려 있었다. 복잡한 세상과 동떨어진, 소박하고 평온한 정취가 가득한 마을이었다.

"저기 교회가 있어요! 저희 한번 가 봐요. 물어볼 만한 사람이 있을지도 모르잖아요."

내가 돌 위에 나무 십자가가 세워진 건물을 가리켰다.

"아미타불!"

우리 할머니가 말했다.

"저기는 예수님을 믿는 데라, 우리랑 달라. 가지 말자!"

"그게 무슨 상관이에요! 그냥 가 보자는 거지, 할머니더러 예수님을 믿으라는 것도 아니잖아요. 우리 동네에 있는 사찰에도 외국인이 엄청 많이 구경하러 와요."

내가 말했다.

"그래도 안 가는 게 낫지! 하늘에서 관세음보살이 다 보고 계실걸?"

우리 할머니가 말했다.

"할머니, 그분들은 신이잖아요. 중생을 사랑하고 불쌍히 여기시는 분들이 그런 걸 따지진 않을 거예요. 어서 가요."

내가 할머니를 잡아끌며 말했다.

오십 미터쯤 걸어가자 조그만 건물 한 채가 눈에 들어왔다. 사방에 조약돌이 쌓아 올려져 있고, 건물 앞면은 하얀 산 모양이었다. 나무로 만든 문에는 '산촌 복음 교회'라고 희미하게 적혀 있었다. 지붕 위로는 우뚝 솟은 나무 십자가가 보였다.

교회 왼편에는 하늘을 향해 양쪽 가지를 뻗은 늙은 소나무 한 그루가 서 있고, 오른편으로는 풀꽃 벌판이 펼쳐져 있었다. 작고 한적한 마을과 어우러져서 유난히 성스럽고 고상해 보이는 교회였다.

파란 하늘과 흰 구름, 푸른 나무, 하얀 담벼락, 그리고 나무 십자가를
보며 나는 속으로 생각했다. 관세음보살님께는 죄송한 얘기지만
진심으로 아름답기 그지없다고 말이다. 흔히 말하는 지상 낙원이란 게
아마도 여기가 아닐까 싶었다.

　우리가 교회에 가까이 갔을 때 마침 누군가 나무문을 고치고
있었다. 내가 얼른 잰걸음으로 다가가 물었다.

　"아저씨, 저희가 사람을 찾고 있는데요. 좀 여쭤봐도 될까요?"

　아저씨는 땀을 비 오듯 흘리며 뒤에 서 있는 할머니들을 힐끗
쳐다보고는 고개를 끄덕이며 말했다.

　"우리 마을엔 주민이 많지 않아서 대부분 내가 아는 사람이야. 누굴
찾고 있는데?"

　내가 손가락으로 십원 할머니를 가리켰다.

　"이분이 찾고 싶은 사람이 있대요."

　십원 할머니가 조금 당황했는지 눈가를 파르르 떨었다.

　"네! 내가, 나이가 일흔 살 된…… 장푸싱이란 사람을 찾고 있어요."

　아저씨가 턱을 쓰다듬으며 말했다.

　"제 기억이 맞다면 여기에 장씨 성은 없을 거예요. 우리 마을 분이
확실한가요?"

십원 할머니는 뭐라고 대답해야 할지 몰라 입꼬리만 한 번 올렸다가 내렸다.

"최근 몇 년간 마을을 떠난 사람이 많으니까, 제가 몰라서 그렇지 어쩌면 예전에 살던 분일지도 모르죠."

"알겠어요! 고마워요. 우리가 다른 곳도 좀 둘러볼게요."

수뉘 할머니가 말했다.

우리는 바람 빠진 공처럼 축 늘어졌다. 십원 할머니 외에 가장 실망한 사람을 꼽으라면 아마 나였을 거다. 나이를 다 합치면 이백 살이 넘는 이 무리 안에서 정보력이 가장 뛰어난 사람이 바로 난데 모든 게 헛수고가 될 줄은 몰랐다.

발길을 돌린 우리는 양쪽 발에 모래주머니라도 매단 듯 무겁게 걸음을 뗐다. 물론 몸무게와는 상관없이 좌절감 때문이었다. 여기까지 왔는데 못 찾으면 그때는 정말 어쩔 수 없다고 생각했다. 경찰 아저씨한테 나머지 두 장푸싱 씨의 주소를 알려 달라고 조를 순 없으니까! 설사 주소를 얻어 내더라도 당사자가 안 만나겠다고 하면 십원 할머니의 실망감과 죄책감만 커질 게 뻔했다. 할머니는 아마도 상대가 죽을 때까지 자기를 용서할 마음이 없는 거라고 여길 것이다.

바로 그때 아저씨가 우리를 불러 세웠다.

"저기요! 잠깐만 기다려 보세요! 어르신, 장 씨라는 그분이요. 그게 지금 성이에요, 아니면 옛날 성이에요?"

"네? 성이 옛날이랑 지금이 다를 수가 있어요?"

우리가 이구동성으로 물었다. 무슨 뜻인지 도무지 알 수 없었다.

"하하하! 모르시는 게 당연해요. 이십 년 전쯤에 우리가 원주민 이름을 다시 쓰기 시작하면서 많이들 개명했거든요. 그분도 개명했다면 지금은 장 아무개라고 불리진 않을 거예요."

그 순간 한 줄기 희망의 빛이 스친 듯, 십원 할머니의 눈이 반짝였다.

"우리 마을에 사는 마토아사이 한 분이 옛날에 장씨 성을 썼던 것 같아요."

"말도 똥을 싼다고요?"

난 고개를 갸우뚱했다. 말똥과는 대체 무슨 관계지?

"애도 참, 말똥이 아니라 마토…… 아무튼 그거! 거기서 똥 얘기가 왜 나오니? 품위 없게!"

수뉘 할머니가 나를 쏘아보았다.

"똥 얘기가 왜 품위 없어요? 말도 똥 싸고 사람도 똥 싸는데. 수뉘 할머니는 똥 안 싸요?"

내가 말했다.

"쪼그만 게 진짜……."

수뉘 할머니가 말을 잇기 전에 우리 할머니가 나서서 내 머리를 쿡 찌르며 말했다.

"꼬맹이가 별말을 다 한다!"

"아야! 그냥 몰라서 물어본 거예요!"

내가 머리를 문지르며 말했다. 내 생각에 할머니들이라고 알아들었을 것 같지는 않았다.

"하하! 괜찮아요. 마토아사이는 우리 아메이족 말로 어르신이란 뜻이에요. 지금 그분의 아메이족 이름은 '마야오 지라'이고요."

제2장
반가워, 마야오

"우리, 헤어지지 말자고 약속했잖아?

나 혼자 너무 외로워서 눈물이 날 것 같아."

부족민 중 누군가가 바로 앞 안내판에 애처로운 고백을 남겼다.

내가 산촌역에 도착해서 옆쪽의 전망대에 올랐다가 발견한 글이다.

-「산촌역-전설 속의 갈 수 없는 기차역」, 류커샹(대만의 시인)

아저씨가 어느 집 앞으로 우리를 데리고 갔다.

"파키(윗사람을 부르는 아메이족 말로 '아저씨'라는 뜻), 파키! 누가 찾아왔어요!"

통통한 체형에 이목구비가 진한 원주민 할머니가 안에서 걸어 나왔다. 아저씨와 그 원주민 할머니가 와자지껄 한참을 얘기하는 동안 우리는 단 한 마디도 알아듣지 못한 채 한쪽에 서 있었다. 그런데 아저씨의 말에 원주민 할머니가 고개를 끄덕이더니 그 순간 눈을 휘둥그레 떴다.

"장푸싱을 찾는다고요?"

원주민 할머니는 억양이 조금 특이했다.

십원 할머니가 머리를 끄덕였다.

"누구신지?"

"그게……."

십원 할머니는 자기를 누구라고 설명해야 할지 몰라 머뭇거렸다.

"난…… 그 사람의 옛 친구인데, 류수위안이라고 해요."

"류수위안이요?"

원주민 할머니가 별안간 십원 할머니를 와락 끌어안았다. 튼실한 두 팔로 십원 할머니를 붙들고 아이처럼 폴짝폴짝 뛰기까지 했다. 마치 장난꾸러기 꼬마가 피아노 건반을 마구 두드리는 듯한 웃음소리가 낭랑하게 퍼졌다. 새하얀 이빨 두 줄은 반짝반짝 빛났다. 우리도

원주민 할머니의 웃음소리에 감염된 듯했다. 특히 십원 할머니는
원주민 할머니가 왜 웃는지 모르면서도 긴장이 좀 풀렸는지 덩달아
빙그레 입을 벌렸다.

"마야오한테 당신 얘기를 들은 적이 있어요! 드디어 만났네요!"

원주민 할머니가 감격하며 말했다. 그러고는 고개를 돌려 집 안에
대고 소리쳤다.

"마야오! 마야오! 어서 나와서 누가 왔나 봐요! 주님, 감사합니다!
신부님이 누구를 모시고 왔나 보라니까요!"

덩치가 크고 건장한 남자가 밖으로 나왔다. 나이가 들었어도 얼굴

생김새가 또렷한 것이 젊은 시절에 얼마나 멋졌을지 짐작이 갔다. 할아버지는 우선 어디서 이렇게 많은 사람이 몰려왔나 의아한 듯이 한 사람 한 사람을 빠르게 훑어봤다. 그의 시선은 이내 십원 할머니의 얼굴에 멈췄고, 십원 할머니도 그의 얼굴을 뚫어지게 쳐다봤다.

두 쌍의 눈이 서로를 응시하며 혼란스러운 감정을 미심쩍음으로, 다시 놀라움으로 바꾸어 갔다. 그 10초의 시간 동안 지난 오십 년에 걸친 서로의 이야기가 두 사람 눈에 스쳐 지나간 듯했다. 혹시라도 방해가 될까 봐 옆에 있던 모두가 가만히 숨을 죽였다.

"수위안?"

할아버지가 믿을 수 없다는 표정으로 조그맣게 입을 열었다. 큰 소리를 내면 이 꿈결 같은 장면이 겁을 먹고 사라지기라도 할 것처럼 말이다.

"푸싱?"

십원 할머니도 믿을 수 없다는 얼굴이었다. 역시 꿈에서 깨어나기 싫은 듯한 목소리였다.

장푸싱 할아버지가 십원 할머니의 손을 꼭 잡았다.

"세상에, 평생 다시는 못 볼 줄 알았는데!"

십원 할머니가 눈을 깜빡였다. 눈을 한 번 감았다 뜰 때마다 눈물이 뚝뚝 떨어졌다.

"헤어질 땐 장푸싱이었는데, 다시 만날 땐 마야오가 되었네!"

***

훈훈하면서도 코끝이 시큰한 느낌이 가슴에 훅 밀려들었다. 다른 할머니들을 둘러보니 모두가 눈물범벅이었다. 그 순간 다들 깨달았을 듯싶다. 현실 속 이야기가 저녁 여덟 시 드라마보다 더 감동적이란 걸 말이다.

난 옷을 당겨 눈물을 닦았다. 그런데 뒤이어 장푸싱 할아버지, 아니 이제 마야오 할아버지이지만, 여하튼 할아버지의 말 한마디에 나는 하마터면 눈이 튀어나올 뻔했다. 할아버지가 그 원주민 할머니를 돌아보며 이렇게 말했기 때문이다.

"이 사람은 내 파파히, 그러니까 내 아내라는 뜻이에요! 이름은 파나이라고 해요."

이런! 마야오 할아버지에게 부인이 있을 수도 있다는 사실을 까맣게 잊고 있었다. 그럼 십원 할머니의 희망이 또 물거품이 되는 건가? 오십 년 전에 장푸싱을 잃었는데 이제 또 마야오를 잃다니, 십원 할머니의 애정 전선은 그야말로 험난하기 그지없었다.

당황한 십원 할머니는 마야오 할아버지와 맞잡고 있던 손을 뺐다.

"이렇게 불쑥 찾아와서 정말 미안해요, 파나이. 언짢아하지 말아요! 나, 다른 뜻은 없어요!"

십원 할머니가 난처한 얼굴로 말했다.

"그게 무슨 이상한 소리예요!"

파나이 할머니의 명랑한 웃음소리가 다시 한번 울려 퍼졌다. 파나이 할머니가 십원 할머니에게 다가가 손을 잡으며 말했다.

"난 당신을 만나서 얼마나 반가운지 몰라요! 마야오에게 당신

얘기를 들은 적이 있지만 어쨌든 다 지난 일이잖아요. 그때 당신이
기차역에 안 나가서 다행이에요. 아니면 내게 남편이 없었을 테니까!
하하하."

파나이 할머니가 간신히 웃음을 멈추고 말을 이었다.

"우리 아메이족은 원래 웃음이 많아요. 웃음은 하늘이 준
선물이니까요. 우리 부족은 노래와 춤을 사랑해요. 노래하고 춤추다
보면 눈물도 어느새 웃음으로 바뀌거든요. 하하하, 지난 일은 지난
일이고, 앞을 보고 살아야지 뒤돌아보면 안 돼요. 즐겁게 사는 게
무엇보다 중요하잖아요! 그리고 만약에 마야오가 제멋대로 군다면
내가 집에서 쫓아내서 떠돌이 개 신세로 만들 거예요!"

"남편을 쫓아낸다고요?"

우리 할머니가 눈을 동그랗게 떴다.

마야오 할아버지는 옆에서 그저 흐뭇하게 웃기만 했다. 그 모습이
할아버지의 우락부락한 생김새와 무척 달랐다. 같은 말을 우리
할머니가 했다면 아마도 우리 할아버지한테 귀에서 피가 나도록
야단맞았을 것이다.

"여러분이 잘 몰라서 그래요!"

파나이 할머니가 말했다.

"우리 아메이족은 여자가 그 집안의 대장이에요. 요즘은 꼭 그렇진 않지만, 예전엔 결혼하면 남자가 여자 집에 들어와 살았거든요. 그러니까 여긴 내 집이고요. 남편이 잘못하면 바로 냇가에 물고기 밥으로 던져 버릴 거예요. 하하하."

"우리로 치면 데릴사위 같은 거네요! 근데 우린 남자가 데릴사위로 들어가면 무시당하는데……."

수뉘 할머니는 말을 끝마치기도 전에 십원 할머니에게 종아리를 걷어차였다.

"괜찮아요!"

마야오 할아버지가 웃으며 말했다.

"지역마다 다르고, 또 아메이족은 여러분 같은 한족(과거 중국에서 이주해 와서 현재 대만 인구의 대부분을 차지하는 민족)과는 전혀 다르니까요. 우리는 예전에 누가 아내 집에 들어가 살기 싫다고 하면 부족 사람들한테 놀림당했어요. 겁쟁이에다 한심하다고요. 용감한 전사는 가족의 안전만 생각하죠. 우린 가족의 재산을 탐내지 않아요. 그래야 우리 누나와 여동생도 나를 더 존중해 줄 테고요. 그렇다고 내가 집에서 아무 힘도 없는 건 아니에요. 어머니 집에 무슨 일이 생기면 조카들이 저를 불러 함께 상의해서 결정하곤 해요. 마을의 일도 남자들이 정하는데, 집에서만큼은 여자들이 더 우선이죠!"

"집에서 우선인 것만 해도 훌륭하네요! 그런 줄 알았으면
원주민하고 결혼하는 건데."

우리 할머니가 말했다.

"하하하!"

웃음을 터뜨린 파나이 할머니가 얘기했다.

"원주민이라고 여자들의 지위가 다 높은 게 아니라, 베이난족과
아메이족, 가마란족, 시라야족 등 몇몇 부족만 그래요. 게다가 시대가
변해서 요즘 젊은 세대는 또 다르고요."

아메이족 내에서 여자들의 지위가 높은 데는 이유가 있다며 파나이
할머니가 이런 이야기를 들려줬다.

아주 먼 옛날, 하늘에 열 개의 태양이 있었다. 한족의 '후예사일'
(고대 중국에 태양이 열 개여서 사람들이 고통받자, 후예라는 영웅이 태양
아홉 개를 활로 쏘아 떨어뜨렸다는 전설) 이야기와 같은데, 다만 아메이족
전설에 따르면 문제를 해결한 사람은 남자가 아니라 여자다. 용맹함이
아니라 지혜를 써서 말이다. 하늘 높이 걸린 열 개의 태양 때문에
모든 물줄기가 말라붙어 마실 물도 없고, 농사지을 물도 사라졌다.

메마른 대지에는 풀 한 포기도 살 수 없는 황량함만 남았다. 기근으로 수많은 주민이 죽자 부족의 용사들이 나서서 태양을 떨어뜨리기 위한 의용군을 조직했고, 세상의 끝을 향해 전진했다. 그런데 얼마 되지 않아 용사들의 소식이 끊기고 말았다. 태양은 그대로였다.

마을에 남은 여자들은 열 개의 태양이 주는 고통을 감내하며 밖으로 나간 남자들까지 걱정하느라 지쳐 갔다. 그러던 어느 날 '라야'라는 여자가 의견을 냈다.

"남자들이 해결하지 못한다면 우리 여자들의 힘으로 태양을 끌어내리죠."

하지만 화살도 못 쓰고 힘도 약한 여자들이 어떻게 태양을 끌어내릴 수 있을까? 모두가 머리를 맞댄 끝에, 여자들은 '베 짜기'를 태양 사냥의 무기로 삼기로 했다.

"천이 무기가 될 수도 있어요?"

우리 할머니가 머리를 갸우뚱했다.

"그럼요! 세상을 살다 보면 때로는 힘이 아니라 지혜가 필요할 때도 있으니까요."

"우리 남편은 여자가 뭘 아냐고 입버릇처럼 말하는데."

할머니가 혼잣말처럼 중얼거렸다.

"여자들 스스로가 자신을 얕보면 안 돼요."

파나이 할머니가 이야기를 계속했다.

부족 여자들은 우선 태양이 매일 어디에서 떠서 어디로 사라지는지
관찰하며 꼼꼼히 계획을 세웠다. 그런 다음 세상에서 가장 열에
강한 실로 조금씩 천을 짜서 거대한 그물을 만들어 냈다. 어느 날,
태양이 산 아래로 떨어질 때를 노려 미리 길목에 숨어 있던 여자들은
살그머니 나무 꼭대기에 올라 나뭇잎 사이에 몸을 숨겼다. 온종일
일하느라 지친 태양은 여자들이 펼쳐 놓은 거대한 그물을 발견하지
못하고 차례로 걸려들었다. 그렇게 일곱 개의 태양이 그물에 잡히자
나머지 세 개는 깜짝 놀라 혼비백산했다.

그들은 아메이족 여자들이 너무나 강하다고 느끼고 살려 달라고
빌었다. 태양이 많아도 곤란하지만 그렇다고 태양이 아예 없으면
만물이 자라날 수 없음을 잘 알고 있던 여자들은 논의 끝에 용감하고
지혜로운 라야를 대표로 보내 태양과 협상하기로 했다.

라야는 애걸복걸하는 태양에게 말했다.

"너희가 너무 많아서 뜨거워 죽겠어. 우리의 요구를 들어주지

않으면 너희를 풀어 주지 않을 거야."

"우리를 살려 주기만 하면 어떤 조건이든 받아들일게."

남은 태양들이 두려움에 떨며 용서를 구했다.

라야가 말했다.

"좋아! 셋이서 각자 일을 분담해 줘. 하나는 낮에 나오고, 둘은
저녁에 나오는 거야. 그리고 저녁엔 빛을 줄여야 해."

태양은 합리적인 조건이라며 흔쾌히 약속했다. 그리고 말이
떨어지자마자 셋은 '펑' 하고 흩어졌다.

그렇게 하나는 낮의 태양으로 남고 나머지 둘은 각각 달과 별이

되었다. 그 후로 부족민들은 다시 예전처럼 생활할 수 있었을 뿐만 아니라 저녁에도 달과 별의 은은한 빛을 누리게 되었다. 마을에 남은 남자들은 여자들의 지혜와 꾀에 감탄하며 앞으로 무슨 일이든 여자들의 말을 듣기로 정했다. 그리하여 아메이족은 모계 사회가 되었다.

이렇게 말하면 한족을 배신하는 건지 모르겠지만, 똑같은 열 개의 태양 이야기라도 난 아메이족 버전이 더 마음에 들었다. 그 이야기가 우리 할머니와 파나이 할머니에게 전혀 다른 운명을 만들어 줬다는 생각을 떨칠 수 없었다.

어쨌든 파나이 할머니의 이야기 솜씨는 정말 훌륭했다. 만난 지 얼마 되지 않았지만 난 금세 파나이 할머니에게 푹 빠져 버렸다.

"우리 아메이족이 한족과 다른 게 하나 더 있어요. 여러분은 태양은 남자, 달은 여자라고 여기지만 우리는 그 반대거든요! 태양은 어머니, 달은 아버지죠."

파나이 할머니가 설명을 보탰다.

"야오 할아버지, 그럼 할아버지네 부족장은 여자예요?"

내가 물었다.

"하하! 꼬마 아가씨, 마야오 자체가 내 이름이란다. 달 옆을 지키는 별이란 뜻이야. 그래서 내 한족 이름이 푸싱(중국어로 행운의 별이라는 뜻)이었지. 원주민의 이름은 다 의미가 있어. 파나이는 벼를 수확할 때 태어났다는 뜻이지. 그러니까 난 마씨가 아니란다! 아메이족은 성이란 게 아예 없거든. 내 조상도 장씨 성과는 아무 관련이 없고 말이야. 얘기하다 보니 화가 나는구나. 예전에는 정부가 우리의 본래 이름 말고 무조건 한족 이름을 쓰게 했어. 그런데 우린 성이 없어서 호적을 등록할 때 제비뽑기로 정해야 했지. 우리 아버지가 이름을 등록하러 갔을 때 뽑은 게 장씨여서 나도 난데없이 장씨 집안의 아이가 됐던 거야."

마야오 할아버지가 계속해서 말했다.

"사실 내 정식 이름은 마야오 지라라고 해. 우린 아버지나 어머니의 이름을 뒤에 붙이거든. 나의 경우엔 마야오가 내 이름이고, 어머니 이름이 지라야. 그래서 마야오 지라란다."

"여자들의 지위가 높긴 하지만 부족 일은 전부 남자들이 알아서 결정해. 그러니까 여자 부족장은 없단다. 바깥일은 남자들이 알아서 하고, 집에선 우리 여자들이 중심인 거지."

파나이 할머니가 말했다.

"집에선 여자들이 중심이라고요?"

우리 할머니는 아무래도 믿기지 않는 모양이었다.

"맞아요! 서로 일을 분담하니까 이렇게 즐겁게 살 수 있죠."

"그거 좋네요. 정말 훌륭해요!"

우리 할머니가 혀를 차며 감탄했다.

***

그날 오후, 파나이 할머니와 마야오 할아버지가 우리를 차 두 대에 나눠 태우고 추루 목장(산비탈을 따라 만들어진 대만 최대 규모의 목장이자 관광지)에 데려갔다. 원래는 파나이 할머니의 차에 우리 할머니와 수뉘 할머니 그리고 내가 타고, 마야오 할아버지의 차에 십원 할머니와 아주 할머니가 타려고 했다. 그런데 내가 마야오 할아버지 차에 타겠다고 했다. 파나이 할머니 앞에선 묻기 껄끄러운 마야오 할아버지의 뒷이야기가 듣고 싶어서였다.

차를 타고 가는 동안 마야오 할아버지와 십원 할머니는 서로의 가족과 아이들 얘기를 나눴다. 차가 비탈진 산길에 들어서자, 더 기다렸다간 물어볼 기회를 놓칠 것 같아서 내가 얼른 끼어들었다.

"마야오 할아버지, 예전에 수위안 할머니가 할아버지와 떠나기로 해
놓고 왜 기차역에 못 갔는지 아세요?"

아주 할머니가 놀라서 소리쳤다.

"카이팅, 그런 건 왜 묻니?"

"여기 온 목적이 십원 할머니가 마야오 할아버지를 찾아 오해를
풀기 위해서잖아요! 할머니가 오십 년이나 참았다는데, 지금 얘기 안
하면 언제 해요?"

차 안이 별안간 정적에 휩싸였다. 한참 만에 십원 할머니가 간신히
입을 뗐다.

"그게, 실은……. 내가 여기 찾아온 건, 당신 가정에 폐를 끼치려는
이유는 아니었어요. 단지 살날이 얼마 안 남은 마당에 평생 빚진
마음을 안고 살기 싫어서 왔어요. 누군가의 믿음을 저버린 사람으로
남고 싶지 않아서요. 난 그저…… 속 시원히 얘기하고 싶었어요.
그리고 당신이 어떻게 지내는지도 궁금했고요."

십원 할머니가 초조한 듯 손수건을 꽈배기처럼 비틀었다.

마야오 할아버지는 여전히 말이 없었다. 창밖으로 난 길
양쪽으로 가로수가 끊임없이 스쳐 지나갔다. 저 멀리 내다보니 온통
초록색뿐이었다. 마야오 할아버지가 창문을 내리자 싱그러운 풀잎

향을 머금은 바람이 차 안으로 밀려 들어왔다. 7월의 불볕더위에도 이렇게 상쾌한 바람이 불어올 줄은 몰랐다. 차의 속도가 점점 줄면서 우리와 파나이 할머니 차와의 거리도 점점 벌어졌다. 마야오 할아버지가 시간을 벌려는 것 같았다. 아니, 어쩌면 속도를 줄이면서 마음을 가라앉히려는 건지도 몰랐다.

"그때 당시에…… 나, 난……."

십원 할머니가 말을 끝맺기도 전에 마야오 할아버지가 말을 이었다.

"알아요, 나도 다 알고 있어요. 수위안 당신 마음이 베이난의 냇물처럼 맑다는 걸."

그 말을 듣고 십원 할머니가 조용히 눈물을 흘리기 시작했다.

마야오 할아버지는 두 손으로 운전대를 붙든 채 앞만 뚫어져라
바라봤다.

"그날 당신이 나타나지도 않고, 기차역에 메시지를 남기지도
않아서 일이 틀어졌다는 걸 직감했어요. 난 줄곧 당신을 기다렸어요.
기차역이 문 닫은 후에도 계속해서요. 얼마 뒤 당신이 일하던 설탕
공장에 찾아갔다가 당신 동료 아슈한테 소식을 전해 들었어요. 당신
아버지가 당신을 집에 가둬 놨다고요. 혹시 언젠가 당신이 빠져나올
수도 있지 않을까 싶어서 난 날마다 간단히 챙긴 짐 가방을 들고 같은
시간에 기차역에 나가 당신을 기다렸어요. 그렇게 반년이 흐른 뒤에
우연히 아슈를 만났는데 나한테 그러더라고요. 이제 기다리지 말라고.

당신은 이미 타이베이로 떠났고 다시는 돌아오지 않을 거라면서요."

"기차역에서 반년이나 기다렸다고요?"

십원 할머니가 얼이 나간 듯 말했다.

마야오 할아버지는 대답하는 대신 아메이족의 사랑 노래를
흥얼거리기 시작했다.

부모님, 우리의 결혼을 허락해 주세요.

우리는 그 무엇도 갈라놓을 수 없을 만큼 서로를 깊이 사랑해요.

끝내 우리를 허락해 주지 않는다면

난 기차 철길에 벌러덩 누워 버릴 거예요.

이 노래는 '마란의 노래' 혹은 '마란의 사랑'이라고 하는데, 타이둥 마란 지역의 아메이족 노래로, 마야오 할아버지가 젊었을 때 널리 불리던 곡이라고 했다. 난 비록 아메이족 말을 알아듣지 못하지만 구성진 가락을 타는 마야오 할아버지의 힘찬 목소리에서 진한 애달픔과 다정함을 느낄 수 있었다.

십원 할머니는 마야오 할아버지의 노래를 들으며 눈물을 펑펑 쏟았다.

하지만 십원 할머니는 마란 아가씨가 아니고 축영대는 더더욱 아닐뿐더러 마야오 할아버지도 양산백이 아니다. 훗날 십원 할머니는 우리 오빠 친구인 수웨이 오빠의 할아버지를 만났고, 마야오 할아버지는 파나이 할머니를 만났으니까 말이다.

"이 년 뒤에 파나이를 만났어요. 그즈음 파나이가 아버지 집이 있는 다른 마을에 머물다가 산촌에 돌아왔거든요. 7월 풍년제 날이었는데, 부족 여자들 속에 어울려 있는 파나이의 웃음소리가 꼭 작은 새가 지저귀는 것처럼 특별했어요. 그 웃음소리를 듣자마자 이상하게 나도 웃음이 났어요. 어느새 발길이 그쪽으로 향했고, 그렇게 파나이를 만났어요. 아마도 조상님이 나를 어여삐 여기고 파나이를 내게 보내

준 것 같아요. 우리 사랑은 아주 단순해요. 땅에 난 산나물이 햇빛과
물이 있으면 자연히 자라나듯 생명을 키웠죠."

차가 천천히 추루 목장 입구에 들어서자 작은 새의 지저귐 같은
웃음소리가 차창을 통해 흘러들어 왔다. 파나이 할머니가 우리를
향해 힘껏 손을 흔들고 있었다.

솔직히, 사랑이 도대체 뭔지 나는 아직 잘 모르겠다. 하지만 마야오
할아버지가 어째서 파나이 할머니와 사랑에 빠졌는지는 알 것도
같았다.

제3장
반가워, 수뉘

우정이라는 배가 삶의 바다를 항해하면서 늘 순풍만 만날 수는 없다.

때로는 먹구름과 폭풍을 마주하기도 한다.

그런 상황에 부딪혔을 때,

우정은 어쩔 수 없이 여러 시련을 겪을 수밖에 없다.

먹구름과 폭풍이 지나고 나면

우정은 더욱 견고해지기 마련이다.

진정한 우정은 그 어떤 순간에도 새로운 빛줄기를 내뿜는다.

-카를 마르크스

마야오 할아버지와 파나이 할머니는 우리에게 추루 목장 구경만 시켜 준 게 아니라 원주민풍의 저녁 식사까지 대접했다. 닭고기와 생선구이, 멧돼지고기, 대나무 통 밥에 원주민이 즐겨 먹는 산나물 요리도 있었는데, 가장 특이한 건 '아바이'라는 음식이었다.

아바이는 한족의 쭝쯔(연잎이나 갈대 줄기에 찹쌀밥을 넣고 삼각형 모양으로 싸서 찐 음식)와 비슷하게 생겼다. 원주민들이 풍년제를 지낼 때 조상에게 꼭 올리는 제사 음식이자, 전사들이 산에서 사냥하거나 부족을 지킬 때 배를 채우던 양식이라고 한다. 원주민 부족에 따라 아바이를 부르는 이름도 다르고 만드는 법도 달라서 베이난족, 아메이족, 파이완족, 루카이족마다 특색이 있다. 다만 우리가 그 차이를 구별하기는 쉽지 않아서 통틀어 '아바이'라고 부른다.

특히 파이완족은 그 비슷한 음식을 또다시 아바이와 지나푸로 나눈다고 했다. 여러 부족 중에서도 유독 그들이 이 음식을 중요하게 생각하는 이유는 특별한 전설이 전해 내려오기 때문이라고 파나이 할머니가 덧붙였다.

옛날에 파이완족 형제가 살았다. 이들은 어머니가 챙겨 준 음식을 갖고 산에 사냥하러 갔다. 점심때가 되자 두 사람은 각자 도시락을

열었다. 형의 도시락에는 아바이와 지나푸가 들어 있었지만, 동생의
도시락에는 머리카락과 톱밥만 채워져 있었다. 동생은 어머니가 형을
편애한다는 걸 알면서도 형을 원망하지 않았다. 다만 혼자 말없이
깊은 산속에 들어가 슬픈 마음을 삭일 뿐이었다. 그러다 동생은
산으로 변하고 말았다. 그 사실을 알고 괴로워하던 형은 산속에
들어가 동생 곁을 지키기로 다짐하고, 결국엔 동생과 나란히 산이
되었다. 그리하여 아바이와 지나푸는 조상의 넋을 기리는 제사 음식일
뿐만 아니라 형제간의 우애를 상징하는 음식이 됐다.

　우리가 먹은 게 어느 부족의 아바이인지는 파나이 할머니한테 듣지
못했다. 좁쌀과 절인 멧돼지고기를 넓은 진녹색 벽과초 잎사귀로 싼
다음, 기다란 알피니아잎으로 한 번 더 싸서 찐 아바이였다. 들어간
재료가 이게 전부인데도 쫀득하고 부드러운 게 아주 맛있었다. 난
연달아 두 개나 먹어 치웠고 할머니들도 입이 마르게 칭찬했다.
　저녁 식사 자리에서 파나이 할머니와 십원 할머니는 마치 자매처럼
다정하게 담소를 나눴다. 두 사람은 마야오 할아버지가 젊은 시절에
어땠는지 이야기꽃을 피우는가 하면 둘이 함께 마야오 할아버지를
놀리기도 했다. 또 십원 할머니가 수웨이 오빠의 할아버지를

회상하기도 했고, 서로의 가족 이야기도 나눴다. 그 모습은 아무리 봐도 오십 년 만에 만난 사람들 같지 않았다. 한 세기 내내 알고 지낸 사이라면 모를까.

모두가 화기애애한 분위기에 푹 빠져 있는데 혼자만 기분이 영 별로인 사람이 있었다. 바로 수뉘 할머니였다. 수뉘 할머니는 그날 저녁 식사를 마친 뒤의 날씨와 비슷했다. 식사를 마치고 나오자 하늘에 별안간 먹구름이 잔뜩 깔리더니 요란한 천둥과 함께 비가 내리기 시작했다. 우리가 차에서 내려 호텔에 뛰어 들어가는 그 잠깐 사이에도 온몸이 흠뻑 젖어서 정수리에서 물이 뚝뚝 떨어질 정도였다.

방에 들어서자마자 수뉘 할머니가 샘을 내기 시작했다.

"사람이 품위가 있어야지 말이야. 이런 썰렁한 시골에 온 것까지는 그렇다 치는데, 그래도 추태를 부려선 안 되지."

수뉘 할머니가 뒤집힌 갈고리 모양의 눈썹을 치켜올리며 말했다.

"누가 추태를 부렸다고 그래?"

그게 누구라고 수뉘 할머니가 콕 집어 말하기도 전에 십원 할머니가 자기 얘기라는 걸 알아채고 물었다.

"그걸 꼭 말로 해야 해?"

수뉘 할머니가 말했다.

"남편이 없으니까 남자를 찾는 건 괜찮은데, 그렇다고 남의 남자를 빼앗으면 안 되지!"

"그런 말이 왜 나와? 내가 그런 사람이야?"

"그런지 아닌지는 너 스스로 알겠지."

수뉘 할머니가 눈을 부릅떴다.

"참 나, 어이가 없어서!"

"아까는 파나이 앞이라서 내가 아무 말도 안 했는데, 사람이 잘해 준다고 함부로 나대면 안 돼. 너의 그 장푸싱은 이름이 장푸싱이든 마야오든 이미 부인이 있는 사람이야. 그쪽에서 우리를 대접한다고 저녁 먹고 놀다 가라고 했으면, 네가 알아서 앞으로 서로 왕래하는 일이 없도록 해야지. 남의 부부 사이를 갈라놓을 작정이 아니라면 말이야. 세상에, 내일 또 만나기로 하다니, 연락처까지 남기고. 십원! 분수를 좀 알아야 하지 않겠니?"

"사람들이 다 너처럼 생각이 불순한 줄 알아?"

"내 생각이 불순하다고? 아까 저녁 식사 자리에서 어찌나 눈에 거슬리던지. 아니, 어떻게 첫사랑이라는 남자와 웃고 떠들 수가 있어? 심지어 그 사람 부인이 바로 옆에 앉아 있는데. 아이고! 웃겨서 말도 안 나오네. 둘 사이에 아무런 감정도 안 남았다고? 그걸 누가 믿어!"

수뉘 할머니가 손발까지 휘저어 가며 언성을 높였다. 그 몸짓에 따라 빨간 점 열 개가 공중에서 춤을 췄다.

"그만해!"

우리 할머니가 수뉘 할머니를 잡아당겼다.

"왜 그만해? 난 남의 남편 빼앗는 사람이 제일 꼴 보기 싫어."

"모처럼 여행 와서 왜들 싸워?"

아주 할머니가 말렸다.

"내가 언제 쟤랑 싸웠다고 그래? 나 그렇게 수준 떨어지는 사람 아니야. 난 그냥 사람의 도리를 짚어 준 것뿐이야."

두 사람은 서로 한마디씩 주고받으며 설전을 벌이다가 십원 할머니가 던진 말을 끝으로 마침표를 찍었다. 하지만 동시에 그 말이 수뉘 할머니 사건의 도화선이 됐다.

십원 할머니가 내뱉은 말은 이랬다.

"애초에 우리가 널 부르지도 않았는데, 네가 억지로 따라왔잖아. 우리 중에 널 좋아하는 사람은 아무도 없어!"

와! 정말 익숙한 말이었다. 우리 반 여자애들이 싸울 때 가장 자주 하는 말이 바로 이거다. 사람들이 싸울 땐 나이가 열 살이든 일흔 살이든 비슷한가 보다. 육십 년의 세월이 지나도 사람은 변하지 않는 걸까? 수뉘 할머니는 그 순간 멍해졌다가 이내 눈을 흘기며 이를 악물었다. 뺨이 파르르 떨리고 가슴팍이 세차게 벌렁거렸다. 그러고는 입을 굳게 다문 채 몸을 돌려 자리를 떠났다.

나는 삼십 분 후에 우리 할머니와 함께 방으로 돌아왔다. 방 안에 들어가기 전부터 뭔가 느낌이 이상했다. 수뉘 할머니는 이 호텔이 허름해서 마음이 놓이지 않는다며 항상 문부터 잠갔는데, 어쩐 일인지 방문이 활짝 열려 있었다.

우리는 두리번거리며 조심스레 안으로 들어갔다. 수뉘 할머니의 가방이 보이지 않았다. 욕실에 있던 칫솔과 수건까지 싹 사라져 있었다.

우리 할머니가 십원 할머니의 방으로 달려갔다.

"어쩜 좋아! 큰일이야. 수뉘가 떠났어!"

"다 큰 어른인데, 갔으면 갔나 보지. 길을 잃어버린 것도 아닌데 뭐가 걱정이야? 그리고 밥 먹듯이 해외를 다녀서 세상만사를 꿰고 있다고 본인 입으로 그랬잖아? 겨우 이 조그만 타이둥 호텔에서 나간 거 갖고 걱정은 무슨!"

십원 할머니는 여전히 화가 머리끝까지 난 상태였다.

"그러지 마. 우리 다 친구잖아!"

우리 할머니가 말했다.

"누가 걔 친구야? 흥! 네가 착하니까 걔가 널 얕보고 살살 구슬려서
자기 맘대로 따라온 거잖아. 우린 원래 부를 생각도 없었는데. 이제
가 버렸으니까 마침 잘됐어!"

말을 마친 십원 할머니가 갈아입을 옷을 들고 욕실로 들어갔다.

때마침 밖에서 '우르릉' 하고 천둥이 쳤다.

"아미타불! 천둥소리가 왜 이리 커? 깜짝 놀랐네! 아이고, 비가
퍼붓는데 수늬는 어디로 간 거야?"

우리 할머니가 걱정하며 말했다.

"실은 있잖아, 수늬가 닭
똥구멍처럼 별의별 소리를 다 뱉어서
그렇지, 심성은 나쁘지 않거든."

욕실에 있는 십원 할머니에게
들리도록 우리 할머니가 일부러 큰
목소리로 말했다.

"그날 철도촌이었나, 철길촌이었나,

아무튼 거기에서도 네가 안 보였을 때 제일 걱정한 사람이 수뉘였어. 심란해하는 널 절대로 혼자 둘 수 없다면서 말이야."

"맞아, 그랬지! 내가 봐도 이상했어. 평소엔 둘이 만나기만 하면 다투더니 그날은 어쩐 일로 수뉘가 십원을 무지 챙기더라고. 십원이 축영대가 될까 봐 노심초사하면서."

아주 할머니도 거들었다.

"수뉘가 잘난 척에 멋 부리기 좋아하고 말버릇도 고약해서 남한테 미움받기 딱 좋은 성격이지. 그래서 친구가 없는 건 둘째 치고 아들 며느리랑도 사이가 안 좋잖아. 남편까지 몇 년씩 중국에 가 있어서 사실 많이 외로울 거야. 걔가 맨날 여기저기 다녀왔다고 떠벌리지만, 생각해 봐. 친구도 없이 어디에 놀러 간들 재미나 있겠어? 이번에 우리가 부르지도 않았는데 걔가 왜 굳이 따라왔겠냐고. 타이둥이 걔 취향에 맞지도 않을 텐데. 까놓고 말해서 우리랑 함께 가고 싶으니까 그런 거지!"

이제껏 십 년간 한집에 살면서 우리 할머니가 그렇게 길게 말하는 건 처음 봤다. 여태 나는 우리 할머니가 단지 거절하기 민망해서 수뉘 할머니가 달라붙어도 그냥 내버려두는 줄로만 알았다. 그런데 실은 정말로 수뉘 할머니의 절친이 맞았던 거다.

"십원! 우린 이미 언제 죽어도 이상하지 않을 나이야. 이것저것 따질 시간이 없다고. 파나이도 그랬잖아, 복잡하게 생각하지 말고 즐겁게 살라고. 앞날을 위해 여지를 좀 남겨야지. 꼭 그렇게 모질게 대할 필요가 있을까? 네가 타이둥에 온 것도 오십 년 묵은 마음의 짐을 덜기 위해서잖아. 이러다 수뉘한테 무슨 일이라도 생기면 마음의 짐이 하나 더 늘지 않겠어? 수뉘가 성격이 좋진 않아도 남에게 해코지하려고 한 적은 없어. 그 못된 성격 때문에 걔가 여태 맘고생도 많았고. 십원, 우리도 잘 알잖아. 외로운 게 얼마나 무서운지!"

우리 할머니가 말을 이었다.

'외로운 게 얼마나 무서운지'라는 말이 번개처럼 날아와 내 가슴에 꽂혔다. 난 속으로 생각했다. 수뉘 할머니가 많이 외로운가?

수뉘 할머니가 막 보톡스 주사를 맞았을 때 목석 같던 얼굴이 떠올랐다. 바르르 떨리던 한 쌍의 송충이 눈썹도 생각났다. 또 배꼽까지 처진 가슴을 필사적으로 끌어 올리던 모습도 떠올라 나도 모르게 웃음이 나왔다.

그런데 문득 그런 생각이 들었다. 내가 보기에 우습다면 다른 사람들 눈에도 분명 우스울 텐데 설마 수뉘 할머니가 그걸 모를까? 만약 모른다면, 수뉘 할머니 눈에는 거울에 비친 자기 모습이 어떻게 보일까? 같은 모습이라도 다른 눈으로 보면 다르게 보이려나? 만약 수뉘 할머니도 알고 있다면…… 어째서 그렇게 구는 거지? 수뉘 할머니처럼 허세 부리기 좋아하고 남한테 인정받길 원하는 사람이 오히려 미움만 더 사고 있는데.

세상에 남한테 놀림받는 걸 좋아하는 사람은 없다. 우리는 누구나 남이 나를 이러저러하게 봐 줬으면 하고 기대한다. 하지만 안타깝게도 사람들의 머릿속을 들여다볼 수 없으니 어떻게 해야 그들이 나를 멋진 사람이라고 여길지 알 도리가 없다. 때로는 우리가 노력하면 할수록 오히려 역효과가 생기기도 한다. 여기서 사람들의 환심을 사려고 더 필사적으로 노력하다 결국 악순환이 계속되고, 나중엔 돌이킬 수 없을 만큼 관계가 멀어진다. 내 생각에 수뉘 할머니도 도무지 풀리지 않고 영문도 알 수 없는 문제를 안고 있을 게 틀림없다.

그런데, 수뉘 할머니는 정말 누구와도 잘 지내기 어려운 사람일까?

난 속으로 질문을 던졌다.

　사실 가만히 생각해 보면 수뉘 할머니의 말이 딱히 틀린 건 아니다. 설마 우리 할머니와 아주 할머니라고 아무런 의구심도 없었을까? 마야오 할아버지의 말대로 십원 할머니의 마음이 진짜로 냇물처럼 깨끗하고 파나이 할머니의 마음이 산처럼 넓다고 해도, 주변 사람의 시선은 또 다를 수 있다. 예를 들어, 우리 할머니와 아주 할머니처럼 성격 좋은 사람들은 십원 할머니에게 속마음을 대놓고 말할 리 없다. 그렇다면 수뉘 할머니가 비록 말버릇이 고약하긴 해도, 자기가 느낀 감정을 솔직하게 말하고 충고한 게 잘못이라고 할 수 있을까?

　한번은 나의 가장 친한 친구인 유위루가 수학 시험을 망친 적이 있었다. 그때 유위루는 엄마에게 혼날까 봐 답안을 고친 뒤 선생님을 찾아가 점수를 올려 달라고 했다. 난 그 사실을 알고 유위루에게 가서 그런 짓은 하면 안 된다고 말했다. 걔는 나더러 의리가 없다며 절교를 선언했고, 한 달 반이 지난 지금까지 나와 말을 하지 않는다. 난 이해가 안 갔다. 누가 봐도 내가 잘못한 게 없는데, 설마 친구가 나쁜 짓을 해도 못 본 척하거나 슬쩍 감싸 줘야 친한 친구라는 걸까?

　난 십원 할머니가 안 보였을 때 수뉘 할머니가 애태우던 모습을 떠올렸다(미안하지만, 내 머릿속이 원래 이렇게 이리저리 튀곤 한다. 우리

담임 선생님도 나한테 '벼룩 스타일 사고법'이라고 말할 정도다.).

그때만 해도 난 유위루를 너무나 좋아해서 걔가 나한테 너무 뚱뚱하다며 깔보듯 말했던 일도 까맣게 잊고 있었다. 대체 걔를 좋아해야 할까, 싫어해야 할까? 아니면 좋아하지도 싫어하지도 말아야 하나? 때에 따라 좋아했다가 싫어했다가 해야 하나? 내 머릿속에도 도무지 풀리지 않고 영문도 알 수 없는 문제가 있는 듯하다.

우리 할머니가 한참이나 말을 쉬었다가 다시 이었다.

"십원, 네가 수뉘를 친구로 여기지 않을 수도 있어. 하지만 우리 나이를 생각해 봐. 자식들은 자식들대로 삶이 있고 남편은 남편대로 생각이 있으니까 우리를 온전히 위로해 줄 수 있는 건 친구밖에 없잖아……."

할머니의 말이 끝나기도 전에 '쾅' 하고 욕실 문이 열리더니 십원 할머니가 나왔다.

내가 놀라서 물었다.

"십원 할머니, 욕실에 그렇게 오래 계시더니 아직 옷도 안 벗었어요?"

십원 할머니가 내 질문에는 답하지 않고 이렇게 말했다.

"카이팅, 내 핸드폰 좀 갖다주렴."

"핸드폰은 뭐 하게?"

아주 할머니가 물었다.

"수뉘한테 전화하려고 그러지! 아니면 뭐겠어?"

십원 할머니가 콧구멍에서 김을 뿜었다.

"전화할 거 없어! 걔 핸드폰이 먹통이거든."

우리 할머니가 말했다.

"그럴 리가. 제일 비싼 핸드폰 쓴다고 하지 않았어?"

아주 할머니가 머리를 갸웃했다.

"그러게나 말이야. 무슨 비밀번호를 넣으라는데 기억이 안 나서 핸드폰이 잠겼다고 저번에 그러더라고. 그런데 하필 아들 며느리랑 다툰 뒤라 핸드폰 대리점에 같이 가 달라고 부탁하기 싫었대. 그래서 아예 사용할 수 없게 됐어. 자기 손녀한테 전화한다고 내 핸드폰을 빌린 적도 있다니까."

우리 할머니가 설명했다.

"그럼 쓸 수도 없는 걸 맨날 들고 다닌 거야?"

아주 할머니가 말했다.

"어휴! 너도 알잖아, 걔가 좀……."

십원 할머니는 갑자기 가방을 뒤져 우산을 꺼낸 다음 지갑을 챙겨

들었다. 손수건을 손에 쥔 김에 얼굴도 한번 훔쳤다.

"내가 택시 타고 기차역에 가서 찾아볼게. 너희 둘은, 하나는 잘
못 걷고 하나는 몸이 안 좋으니까 나 혼자 다녀오는 게 좋겠어. 걔가
공중전화로 전화할지도 모르니까 너희는 호텔에서 기다려. 혹시 걔가
돌아오거든 나한테 전화해서 알려 주고!"

"십원 할머니, 저도 같이 가요."

십원 할머니가 말없이 내 볼을 살짝 꼬집었다.

***

타이둥은 다 좋은데 택시 잡는 게 영 불편했다. 우리가 대로변에
서서 택시를 잡는 동안에도 주룩주룩 장대비가 쏟아지고 우르릉
천둥이 쳤다. 난 천둥이 가장 무서웠다. 십원 할머니의 허리춤에
머리를 파묻은 채 천둥소리가 들릴 때마다 할머니의 옷을 꼭
움켜쥐었다. 이대로 천둥이 멈추지 않는다면 나 때문에 할머니 옷이
망가지지 않을까 걱정될 정도였다. 십원 할머니의 우산은 아주 작아서
할머니 한 사람이 비를 피하기도 넉넉지 않았다. 그런데 거기에 나까지
끼었으니, 이미 우리 둘 다 몸의 절반은 젖은 상태였다.

"이상하네, 타이둥 택시가 다 어디로 숨은 거야!"

십원 할머니가 손수건으로 연신 얼굴을 닦았다. 사실 손수건은
진작에 할머니의 얼굴보다 더 축축해져 있었다. 난 땀방울이 뚝뚝
떨어지는 할머니의 얼굴을 올려다보았다. 지금 할머니의 표정은 그날
십원 할머니를 찾아다니던 수뉘 할머니의 표정과 똑같았다.

거리에 오가는 자동차도 많지 않았다. 그러니 택시는 말할 것도
없었다. 어쩌다 한 대가 보여도 우리가 손을 흔들기도 전에 쌩하니

지나갔다. 시간이 흐를수록 십원 할머니는 얼굴에 흐르는 땀을 더

자주 훔쳐 댔고 두 눈은 쉴 새 없이 사방을 두리번거렸다.

"십원 할머니, 제가 묻고 싶은 게 있는데 화내시면 안 돼요!"

"괜찮으니까 말해 봐!"

"마야오 할아버지랑 다시 만날 생각은 진짜 없으신 거예요?"

"카이팅, 내가 많이 못 배워서 무슨 대단한 이치를 얘기해 줄

수는 없지만, 그래도 내 생각엔 말이야, 인생에서 사랑이 중요하긴

해도 그보다 더 중요한 게 있거든. 너도 한번 생각해 봐. 만약에 내가 이번에 타이둥에 와서 장푸싱, 아니지, 마야오를 만났는데 그 사람이 나 때문에 평생 결혼도 안 하고 있었다면 말이야. 그럼 내가 그 사람에게 외로운 오십 년의 세월을 안긴 셈이잖아? 그랬다면 난 죽을 때까지 나 자신을 용서하지 못했을 거야. 그런데 그 사람 곁에 파나이가 있고, 또 행복하게 가정을 꾸린 걸 보니까 내 마음이 얼마나 홀가분한지 몰라."

비가 쉴 새 없이 퍼부었다. 빗방울이 우산을 타고 십원 할머니의 옷에 떨어져서 옷 색깔이 두 가지가 됐다.

"그 사람이 보고 싶지 않았다면 거짓말이겠지. 그렇지만 그가 그리움과 고통 속에서 사는 모습을 보느니 차라리 즐겁고 행복하게 사는 모습을 보는 게 나아. 우리가 누군가를 사랑하게 되면 상대가 행복하기를 바라잖아? 카이팅, 너라면 어떡할래?"

"십원 할머니, 그렇게 되면 할머니 마음이 아플 텐데요?"

십원 할머니가 내 볼을 꼬집었다.

"카이팅! 난 아무렇지도 않아. 마음 아픈 사람은 오십 년 전의 수위안이지, 지금의 수위안이 아니야. 넌 아직 어려서 모를 거야. 나한테 지금 친구가 두 명 생긴 셈이거든. 하나는 마야오, 하나는 파나이."

"아!"

내가 퍼뜩 놀라서 외쳤다.

"근데 지금은 우선 다른 친구부터 찾아야 해요. 수뉘 할머니요!"

"맞아!"

"십원 할머니, 호텔에 가서 부탁해 봐요. 우리 대신 택시를 불러 줄 수도 있잖아요."

"맞네! 내가 왜 그 생각을 못 했을까!"

***

택시가 화살처럼 꽂히는 빗줄기를 뚫고 기차역까지 내달렸다. 우리는 각자 흩어져서 나는 역사의 동쪽 편을, 십원 할머니는 서쪽 편을 찾아보기로 했다. 쏟아지는 폭우 따위 상관없다는 듯, 역사 안은 여기저기로 떠나려는 승객들로 북적였다. 더구나 한쪽에서 공사가 진행 중인 탓에 가림막까지 설치되어 있어서 사람 찾기가 더 어려웠다.

나는 잰걸음으로 사람들 사이를 비집고 다녔다. 두 눈으로는 레이다처럼 주변을 살폈다. 내가 비록 성적이 우수하고 작문으로 전교 1등 상을 받은 수재이긴 하지만, 나에게는 허점이 하나 있다. 그건 바로 생김새를 잘 분간하지 못한다는 거다. 사람이나 장소를 알아보는 것처럼 고난도 문제는 말할 것도 없고, 간혹 내 옷이 어떤 모양이었는지조차 생각이 안 난다. 한번은 체육 시간에 깜빡하고 운동장에다 겉옷을 두고 와서 다른 반 학생이 우리 반으로 가져다준 적이 있었다. 담임 선생님이 물었다.

"이거 누구 옷이야?"

반 아이들이 입을 모아 대답했다.

"카이 팅 거예요."

그런데 나 혼자만 못 알아봤다.

또 한번은 추석 즈음이었는데, 미술 선생님이 우리더러 '토끼가 달에서 방아 찧는 모습'을 그리라고 했다. 내가 뿌듯해하며 그림을 완성했을 때 미술 선생님이 물었다.

"강아지가 달에서 뭐 하고 있는 거니?"

그래서 말인데, 지금 나더러 수뉘 할머니가 떠날 때 무슨 옷을 입고 있었는지 떠올리라고 한다면 그건 하늘의 별 따기만큼이나 어려운 일이다.

내가 기차역 로비의 의자 사이를 한 줄 한 줄 헤집고 다닐 때였다.

저 앞에 나를 등지고 앉은 사람이 눈에 들어왔다. 보라색 상의를 입은 여자가 둘째 줄 다섯 번째 자리에서 혼자 쓸쓸하게 고개를 떨군 채 생각에 잠겨 있었다. 첫째, 상의가 하늘색이라는 점(수뉘 할머니도 보라색 옷이 여러 벌 있었던 것 같다.). 둘째, 혼자라는 점(수뉘 할머니는 타이둥에 아는 사람이 없으니 혼자 있는 게 당연했다.). 그리고 쓸쓸히 생각에 잠겼다는 점(싸우고 나서 홧김에 나왔으니 의기소침할 수밖에 없다.). 이런 조건들을 종합해 보면 저 사람은 수뉘 할머니가 거의 확실했다! 난 한달음에 달려갔다. 수뉘 할머니에게 우리가 기다리고 있다고 알려 주고 싶었다.

일 미터 앞까지 다가갔을 때, 나는 백 미터 달리기 선수가 결승선 앞에서 하는 것처럼 미리 손부터 쭉 뻗어 상대의 등을 힘껏 쳤다.

"수뉘 할머니, 한참 찾았잖아요!"

내가 감격에 겨워 말했다.

"음?"

그 사람이 돌아봤다. 목소리가 행주로 한 꺼풀 싸맨 것처럼 탁했다.

"난 남자란다, 꼬마야. 너 혹시 눈이 안 좋니?"

"아! 죄송해요. 아저씨 머리가 길어서 그만……."

"더군다나 나더러 할머니라니! 그게 말이 돼? 내가 그렇게 늙어 보여?"

"죄송합니다. 정말 죄송해요!"

나는 거뭇거뭇 수염이 가득한 아저씨의 얼굴을 확인하고 후다닥 도망쳤다.

긴장할수록 머릿속이 뒤죽박죽 섞여서 모든 사람이 죄다 수뉘 할머니와 비슷해 보였고, 갈수록 더 많은 '혹시'가 생겼다. 혹시 수뉘 할머니가 입은 옷이 보라색이 아니었던 거 아냐? 그럼 노란색? 빨간색이었나? 혹시 모자를 썼을 수도 있어. 저기 저 밀짚모자일까? 아니면 꽃무늬 모자? 혹시 운 얼굴을 가리려고 마스크를 쓴 건 아닐까? 너무나 많은 '혹시'가 내 머릿속을 날아다녔다. 그사이 난 또 두 사람이나 잘못 알아봤다. 그래도 앞의 경험에서 배운 게 있어서 곧바로 이름을 부르는 대신 슬쩍 다가가 생김새부터 열심히 뜯어봤다.

그러다 결국 처음 위치로 돌아왔을 때, 십원 할머니가 어두운 표정으로 고개를 젓고 있는 모습이 보였다.

"어떡하죠? 수뉘 할머니가 벌써 기차를 타고 떠난 건 아닐까요?"

내가 물었다.

"나도 모르겠다. 일단 힘닿는 데까지 찾아봐야지."

"제 느낌엔 수뉘 할머니가 멀리 안 갔을 것 같아요. 어쩌면 아예 안 떠났을 수도 있고요."

내가 턱을 쓰다듬으며 말했다.

"십원 할머니. 생각해 보면, 우리가 타이둥에 올 때도 표가
없었잖아요. 근데 지금 수뉘 할머니가 갑자기 떠나겠다고 해도
표를 구할 수나 있겠어요? 보세요, 기차역에 사람이 이렇게
바글바글하잖아요. 그러니까 틀림없이 못 떠났을 거예요! 수뉘
할머니는 핸드폰까지 먹통인데, 누군가와 함께 다니는 게 아니라면
혼자선 아무것도 못 할 거고요. 어쩌면 어디로 갈지 몰라서
돌아다니다가 적당한 데서 쉬고 있는지도 몰라요. 다른 호텔에 갔을
수도 있고요."

"음…… 그럴 수도 있겠다!"

우리는 다시 택시를 타고 시내로 되돌아왔다. 하지만 여기가
타이둥이라는 걸 완전히 잊고 있었다. 타이베이였다면 이 시간에도
거리가 여전히 북적였을 텐데 타이둥 번화가엔 패스트푸드점만 겨우
영업 중이었다. 우리는 등불처럼 환한 패스트푸드점으로 들어갔다.
가게 안에는 젊은 사람들이 두셋씩 앉아 치킨을 먹고 있었다. 치킨의
강렬한 냄새가 내 콧구멍 안으로 밀려 들어와 나의 동물적 본능을
자극했다. 난 두 발이 바닥에 달라붙은 것처럼 꼼짝도 할 수 없었다.

그렇게 얼마나 지났을까, 십원 할머니가 나를 툭 쳤다. 할머니 손에 만
원짜리 지폐 두 장이 들려 있었다.

"먹보야, 가서 사!"

"그렇지만······."

난 그 순간 뜨끔해서 얼굴이 빨개졌다.

"사람부터 찾아야죠······."

"그래 봤자 십 분 차이인데, 뭐. 갔다 와!"

***

우리는 머지않아 온도가 같아질 치킨과 음료를 손에 든 채 가게
몇 군데를 더 돌았다. 하지만 몹시 지친 데다 더는 어디로 가야 할지
몰라서 하는 수 없이 일단 호텔로 돌아왔다.

막 엘리베이터를 타려는데 호텔 직원이 우리를 불러 세웠다.

"할머니."

여자 직원이 조그맣게 말했다.

"친구분이 저 안쪽 홀에 앉아 계세요. 아까 저한테 다른 방이
있냐고 물어보셔서 만실이라고 말씀드렸더니 짜증을 많이 내셨어요.

저도 달리 방법이 없어서, 아직 체크인하지 않은 객실이 하나 있다고 알려 드렸더니 그럼 기다리겠다고 하셨거든요. 저기 앉아 계신 지 벌써 한참 됐어요."

세상에! 이게 대체 무슨 상황이람? 우리가 어쩔 줄 몰라 하며 빗속을 헤매고 다닐 동안 막상 수뉘 할머니는 우리 코앞에 있었다니. 십원 할머니와 내가 서로를 쳐다봤다. 생각지도 못한 상황에 소리라도 지르고 싶었다.

우리는 가만히 홀 안쪽으로 들어갔다. 하늘색 상의에 연두색 치마를 입고 소파에 앉아 있는 사람이 눈에 들어왔다. 수뉘 할머니의 머리는 어지럽게 흐트러지고 두 눈은 퉁퉁 부어 있었다. 눈가의 까만 아이라인은 눈물에 번져 엉망이 됐고, 두 뺨의 볼 터치는 눈물 자국으로 얼룩덜룩했다. 입술에 바른 립스틱은 휴지에 닦여 모양이 비뚤어진 채였다.

초저녁 불빛에 비친 수뉘 할머니의 얼굴은 꼭 귀신 같았다. 하지만 난 수뉘 할머니가 외로워 보여서 마음이 아팠다. 우리 할머니의 말이 생각났다. 외로운 게 얼마나 무서운지!

수뉘 할머니가 우리를 보고 화들짝 놀라서 고개를 돌렸다.

"수뉘 할머니, 우리가 얼마나 찾아다녔는지 몰라요!"

수뉘 할머니는 아무 말이 없었다.

"가자! 네가 사라져서 다들 애를 태웠어."

십원 할머니가 말했다. 수뉘 할머니는 여전히 말이 없었다.

"수뉘!"

십원 할머니가 수뉘 할머니 옆에 앉아서 말을 이었다.

"네 얘기가 무슨 뜻인지 나도 알아. 우리 둘은 만나면 싸우지만 그래도 이것만은 믿어 줘. 난 남의 가정을 깨는 그런 사람은 아니야. 내 거라면 내게 주어질 테고, 아니라면 그건 하늘의 뜻이겠지. 아쉬움도 인생의 일부니까. 마야오와 파나이가 행복하게 사는 모습을 보고 내가 얼마나 기뻤는지 몰라. 적어도 누군가를 배신한 사람으로 남지 않게 됐잖아. 난 이제 편히 눈감을 수 있을 것 같아."

십원 할머니가 잠시 주저하다가 얘기했다.

"그리고…… 너한테 사과하고 싶어. 아까 내가 홧김에 해서는 안 될 말을 했어."

십원 할머니가 마른침을 삼켰다.

"우리가 지금껏 사이가 좋진 않았지만, 오늘부터라도 서로의 장점을 좋아하도록 노력해 볼 수 있지 않을까? 설사 여전히 싫다고 해도 친구는 될 수 있잖아. 안 그래? 남은 인생이 그리 길지도 않은데

혹시 알아? 둘이 맨날 티격태격 싸우다 보면 시간도 잘 가고 뇌도 덜
늙을지!"

"푸하!"

수뉘 할머니가 웃음을 터뜨렸다.

"말도 안 돼. 난 치매 같은 거 안 걸릴 거거든!"

"가자, 그만 돌아가자고! 네가 안 보여서 다들 얼마나 걱정하는지
몰라!"

십원 할머니가 몸을 일으켰다.

그 말을 들은 수뉘 할머니가 아이처럼 울기 시작했다. 십원 할머니가 수뉘 할머니의 어깨를 토닥였다.

"너, 꽃단장하는 거 좋아하잖아. 이대로 돌아갈 수는 없지!"

십원 할머니가 손수건을 꺼내 수뉘 할머니의 번진 눈 밑을 닦아 내고 팔레트처럼 얼룩진 얼굴을 정돈했다. 수뉘 할머니는 십원 할머니가 자기의 고운 피부를 잘 닦을 수 있게 턱을 살짝 들었다.

난 수뉘 할머니가 그렇게나 편안하고 만족스러운 표정을 짓는 걸 처음 봤다. 그런데 십원 할머니가 닦으면 닦을수록 수뉘 할머니의 얼굴에는 더 많은 눈물이 쏟아졌다.

바깥에선 계속 천둥이 치고 굵은 빗줄기가 쏟아졌다. 우리는 십원 할머니의 방에 모여 이미 미지근해진 음료와 비에 젖고 차갑게 식어 버린 치킨을 먹었다.

제4장
굿바이, 가슴

정신은 모유처럼 사람을 키울 수 있으며,

지혜가 바로 그 한쪽 가슴이다.

-빅토르 위고

(7월 5일) 타이둥: 맑음.

마야오 할아버지와 파나이 할머니가 우리를 삼선대(타이둥 해변의 관광지로, 중국 신화에 등장하는 여덟 신선 중 세 명이 이곳에 발자국을 남겼다는 전설이 전해 온다.)에 데려갔다.

삼선대는 정말 아름다웠다. 파나이 할머니의 말에 따르면, 본래 육지에서 바다 가운데로 가늘게 뻗어 나온 땅이 있었는데 오랜 세월 파도에 깎여 두 갈래로 나눠지면서 중간에 해구가 생겼다고 한다. 해구의 건너편 기슭에는 거대한 암석 두 덩이가 마치 고독한 섬처럼 우뚝 솟아 있었다. 늠름한 장군 두 명이 에메랄드빛 바다를 지키고 있는 것 같았다. 무척이나 고요하면서도 경외감이 느껴졌다. 하늘색과 파란색이 칠해진 아치형 다리가 섬과 육지를 잇고 있는데, 맑고 투명한 바닷물 위에 놓인 다리의 모습이 꼭 파도 위를 내달려 승천하는 용처럼 보였다.

주변 경관을 소개한 뒤, 파나이 할머니가 억울해하며 설명을 덧붙였다.

사실 이곳을 '삼선대'라고 부르는 건 문제가 있다는 것이다. 다리 모양이 용을 닮긴 했지만, 아메이족 전설에 따르면 치파완이라는 흑룡이 진짜 여기에 살았다고 한다.

이곳은 원래 아메이족이 예부터 고기를 잡고 먹거리를 채취하는 장소이자 양을 키우던 방목지였다. 부족민들은 이곳을 동쪽 끝의 섬이란 뜻인 '누왈리안'이라고 불렀다. 그리고 치파완은 이 바다를 지키는 수호신이라고 전해 내려온다. 치파완은 인간들에게 탐욕을 거두고 대자연을 존중하라고 경고했다. 그렇게 하지 않으면 벌을 내리겠다고 엄포까지 놓았다.

처음에 부족민들은 치파완의 말을 잘 따랐다. 규칙을 정해 놓고 욕심을 부린 사람에게는 그 벌로 소 한 마리를 바치게 했다. 그러다가 훗날 여기서 어떤 소라가 발견됐는데, 굉장히 예뻐서 기념품으로 만들어 팔았더니 관광객들에게 인기가 많았다. 그러자 부족민들은 필사적으로 소라를 잡아 댔고 결국 그 소라는 멸종 위기에 처했다. 예전처럼 순수하고 있는 그대로 존중하던 부족민들의 모습은 더는 찾아볼 수 없게 된 것이다. 부족민들을 누차 타일러도 소용이 없자 슬픔에 빠진 치파완은 구슬프게 울며 이곳을 떠났고, 그 뒤로는 다시 나타나지 않았다.

파나이 할머니의 얘기를 듣고 수뉘 할머니가 질 수 없다는 듯 말했다. 우리 한족에게 전해 오는 여덟 신선의 이야기는 아주아주 옛날부터 있었다고 말이다. 그게 정확히 언제인지는 확실하지 않지만 어쨌든 아메이족의 치파완 전설보다 훨씬 더 오래됐다며 맞섰다.

여덟 신선의 이야기는 아주 먼 옛날부터 전해 내려왔다. 오래전 도교에서 유래한 여덟 신선은 당나라 때 이미 그들의 모습을 그린 '팔선도'가 있었다고 한다. 그 뒤 명나라의 작가 오원태가 여덟 신선을 소재로 『동유기』라는 소설을 쓰면서 그들의 모습이 비로소 명확하게 묘사됐다.

여덟 신선은 이철괴, 한종리, 여동빈, 장과로, 하선고, 조국구, 한상자 그리고 남채화인데, 각각 남, 여, 노, 소, 가난, 재력, 귀함, 천함 등 여덟 가지를 상징한다. 삼선대는 그중 이철괴, 여동빈, 하선고와 연관이 있다. 이 세 명의 신선이 섬에서 쉬다가 발자국을 남겼는데, 그 때문에 이곳에 삼선대라는 이름이 생겼다고 한다.

삼선대는 바로 앞의 섬까지 아치형 다리로 연결돼 있었다. 하지만 오르락내리락 걸어야 하는 계단 수가 제법 많아서 우리 할머니의 무릎으로는 무리였다. 아주 할머니가 함께 남겠다고 나섰다. 말로는 우리 할머니를 위해 곁에 있겠다고 했지만, 실은 할머니 본인이 울적해서 놀 기분이 아닌 듯했다.

***

　그날 밤, 아주 할머니는 가족과 통화하고 난 뒤 기분이 더 가라앉았다. 십원 할머니가 여러 번 이름을 불러도 전혀 알아채지 못했다. 타이베이에 돌아가면 해야 하는 유방 절제 수술 때문에 아주 할머니가 걱정하고 있다는 걸 우리 모두 잘 알고 있었다.

　아주 할머니가 말했다.

　"아들이랑 며느리가 입원실까지 다 준비해 놨어. 내가 돌아가면 바로 수술할 수 있게."

　우리 할머니가 위로의 말을 건넸다.

　"수술하기 싫으면 그냥 하지 마. 용한 민간요법들도 있으니까. 누가 그러는데, 싼중푸(타이베이에 속한 지역)에 유명한 의사가 하나 있대. 약이 어찌나 신통한지 세 첩만 먹으면 온갖 암이 싹 사라진다더라고!"

　수뉘 할머니가 코웃음을 치며 이빨 사이로 '칫' 하는 소리를 냈다.

　"너도 참! 무식한 소리 좀 그만해. 돌팔이 의사 말을 믿니?"

　십원 할머니가 아주 할머니를 달랬다.

　"하늘이 무너져도 솟아날 구멍은 있다고 했어."

　그러더니 다시 탄식했다.

"아휴! 사는 게 뭔지! 돈이 아무리 많아도 밥 잘 먹는 것만 못하고,
팔자가 아무리 좋아도 건강한 것만 못하지!"

난 '돈이 아무리 많아도 밥 잘 먹는 것만 못하다'라는 말에 무척이나
공감했다. 하지만 아주 할머니가 자기 가슴을 끔찍이 아끼는 것에
대해선 선뜻 동의할 수 없었다.

"아주 할머니, 가슴이 심장이나 콩팥 같은 장기도 아니고 딱히 쓸

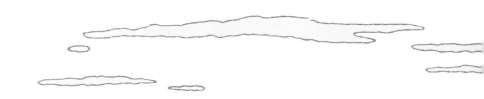

데도 없잖아요. 근데 남겨 둬서 뭐 해요? 잘라 내야 한다면 그냥 잘라 내 버리죠, 뭐!"

내가 말했다. 그러자 우리 할머니가 내 머리를 톡톡 두드렸다.

"꼬맹이가 끼어들 자리가 아니란다. 저리 가서 티브이나 봐!"

"아야! 아파요! 왜 맨날 사람을 찌르고 그러세요? 좋게 말로 하면 어디 덧나요?"

내가 머리를 문지르며 말했다. 사실 할머니가 아프게 찌른 건 아니었지만 항의라도 안 하면 내 머리에게 미안할 것 같았다.

"제 말이 맞잖아요. 나는 내 가슴이 너무 싫은데!"

아주 할머니가 쓴웃음을 지었다.

"카이팅, 넌 아직 어려서 몰라."

"제가 어디가 어려요? 우리 반에서 발육이 가장 빠른 게 저라고요. 수업 시간에 '우리의 몸' 주제가 나올 때마다 친구들이 저를 힐끔거려요. 제가 무슨 괴물이라도 된 것처럼요."

"걔네가 아직 밤톨만 해서 그래. 여자라면 누구나 그런 과정을 거치는 거야!"

십원 할머니가 말했다.

"십원 할머니, 그러니까 여자들 가슴이 모두 밤톨처럼 자랄 거란 얘기예요?"

"아니."

우리 할머니가 설명했다.

"너희가 어려서 잘 모른다는 뜻이야."

난 할머니들이 이상한 표현을 섞어 쓰는 게 싫다. 그때마다 무슨 말인지 도통 알아들을 수 없으니까 말이다. 가슴이 정말 밤톨 두

개처럼 자란다면 난 차라리 벽에 머리를 세게 부딪쳐 잠들어 버릴
것이다. 그런데 만약 진짜 밤톨이라면, 물을 주고 가꾸면 가슴에
밤나무 싹이 날까? 자기 가슴에 밤나무를 키워서 따 먹을 수 있다면
마치 땅을 가진 것처럼 그걸로 먹고살 수도 있을까? 그렇게 되면
우스꽝스럽다고 해야 하나, 행복하다고 해야 하나?

"카이팅, 지금은 싫어도 나중에 친구들이 모두 널 부러워할 거야!"

수뉘 할머니가 가슴 쪽에다 손짓을 곁들이며 말했다.

"애 앞에서 그런 엉터리 소리 좀 하지 마!"

십원 할머니가 수뉘 할머니를 나무랐다.

"내 말이 어디가 엉터리야? 여자한테 가슴이 얼마나 중요한데!"

수뉘 할머니가 십원 할머니를 쏘아봤다.

수뉘 할머니 실종 사건 이후에도 십원 할머니와 수뉘 할머니의
사이는 크게 달라지지 않았다. 할머니들이 말하는 '소는 도시에
끌어다 놔도 소'라는 뜻이 바로 이런 경우를 가리키는 게 아닐까 싶다.
어쨌든 우정에는 다양한 형태가 있는 것 같다. 오래오래 유지될 수만
있다면 그게 최고일 테고.

"쯧!"

십원 할머니가 혀를 차며 말했다.

"가슴이 커도 인기 없는 여자가 있고, 가슴이 작아도 평생 행복하게 잘만 사는 여자도 있어. 사람 됨됨이가 어떤지가 가장 중요한 거야. 더구나 가슴은 우리 여자들 거니까, 남자들이 어떻게 보든 알 바 아니잖아? 스스로 어떻게 생각하는지가 더 중요하지!"

그 말을 들은 아주 할머니가 눈시울을 붉히더니 조용히 흐느끼기 시작했다. 사실 내게는 고질병이 하나 있는데, 바로 우는 사람을 그냥 지나치지 못하는 거다. 아주 할머니가 흐느끼는 모습을 보니 나도 모르게 코끝이 찡해지면서 학교에서 당한 일이 떠올랐다.

"아니 근데, 가슴이 자기 거고 다른 사람하고는 아무 상관이 없다면서, 어째서 다른 사람이 우리 가슴을 갖고 놀리는 거죠? 가슴이 크면 머리가 비었다는 둥, 작으면 '절벽'이라는 둥 놀리잖아요. 우리 가슴은 대체 누구한테 그렇게 밉보인 거예요? 체육 시간에 땀 때문에 옷이 몸에 붙을 때마다 남자애들 몇몇이 호들갑을 떨면서 저를 놀린다고요……"

난 코를 문지르며 얘기를 계속했다.

"저번에는, 우리 반 천하오즈가…… 애들이 다 보는 앞에서 저더러 빅 버블티라고 했어요. 그래서 우리 반 전체가 막 웃었고요. 저는 두 팔로 가슴을 가렸어요. 진짜 쥐구멍에라도 들어가 숨고 싶었다니까요.

그때부터 빅 버블티가 제 별명이 됐어요."

또 한번은 컴퓨터 수업 시간에 천하오즈가 몰래 내 아이디로 글을 올렸다.

'빅 버블티는 선초(밀크티 등에 넣는 젤리의 원료인데, 중국어로 킹카를 뜻하기도 한다.)를 좋아한다.'

선초는 우리 반 체육부 부장의 별명이다. 나는 화가 머리끝까지 치밀었다. 모욕적인 별명으로 불리는 것도 모자라 이상한 소문까지 퍼지다니. 앞으로 체육부 부장을 볼 낯이 없어졌다.

이참에 내가 지금껏 아무한테도 말한 적 없는 비밀을 털어놓을까 하는데, 그래도 우리 할머니한테는 절대 비밀이다. 사실 난 '선초'라는 별명의 주인공인 쉬유린을 조금 좋아하긴 한다. 물론 나도 잘 안다. 내가 아무리 똑똑하고 공부를 잘해도 걔가 좋아할 만한 스타일은 아니라는걸. 걔는 우리 반 공주인 주치리를 좋아하니까 말이다. 천하오즈가 그런 엉터리 글을 올린 건 나와 쉬유린이 진짜 사귀기를 바라서도 아니고, 내 속마음을 알아챘기 때문은 더더욱 아니다. 그저 단순히 재미로 그런 거다. 그 녀석은 원래 누가 재밌다고 호응해 주면 기고만장해져서 남이야 맘이 상하든 말든 거들떠보지도 않으니까.

처음에 난 그 녀석의 장난을 알아채지 못했다. 어째서 아이들이 내 뒤에서 쑥덕거리면서 이상하게 웃는지 별일이라고만 생각했다. 그러던 어느 날, 우쥔이가 아이들의 관심을 더 끌려고 아예 대놓고 소리쳤다.

"선초 젤리 추가한 빅 버블티 마실 사람?"

못된 남자애들 몇 명이 앞다투어 나서며 음흉하게 키득거렸다.

"나 줘! 나!"

교실 전체가 떠나갈 듯 웃음바다가 됐고, 난 너무 분한 나머지 그 자리에서 엉엉 울었다.

사실을 안 컴퓨터 과목 선생님이 교단에 서서 나더러 '컴퓨터 사용 방해'와 '사문서 위조', '학교 폭력' 등의 죄목으로 녀석들을 경찰에 고발해서 혼쭐을 내 주라고 했다. 덕분에 녀석들이 나보다 더 비참하게 눈물 콧물을 쏟으며 남을 괴롭히면 대가를 치러야 한다는 걸 톡톡히 깨닫게 됐다.

나는 가슴이 일찍 자라는 바람에 겪은 온갖 치욕적인 일들이 떠올라 훌쩍이며 말했다.

"저는 제 가슴이 정말 싫어요. 아주 할머니, 할머니는 아마 모르실 거예요. 제가 얼마나 제 가슴을 잘라 내 버리고 싶은지요……."

내 눈물이 아주 할머니의 눈물을 멈추게 할 줄은 몰랐다. 아주 할머니가 다가와 내 머리를 가슴팍에 끌어당겨 꼭 안았다.

"너도 참! 네가 울 필요는 없어. 그 애들이 나쁜 거야."

(7월 6일) 타이둥: 맑음.

　오늘 우리는 두리 해변(타이둥에 있는 해변)에 갔다. 모래사장이
어찌나 예쁜지 말로 표현할 수 없을 정도였다. 물처럼 깨끗한 쪽빛
하늘에 흰 구름 몇 점이 유유히 떠다녔다. 짙푸른 바닷물은 보석같이
투명했고 은빛 물결이 반짝였다. 완만하고 고운 모래사장은 바닷물에
기대어 넓게 펼쳐져 있었다. 무용수의 치마 같은 하얀 파도가
부드럽게 철썩철썩 황금빛 해안을 어루만졌다. 물이 얕은 곳에는 파란
하늘과 흰 구름이 비쳐 환상적인 그림자를 만들어 냈다. 그 때문에
해변은 '하늘의 거울'이라는 특별한 이름으로 불리기도 했다.
　파나이 할머니가 말했다.
　"우리 아메이족은 모두 바다의 후손이에요. 멀고 먼 옛날, 동쪽
바다에 아보커라얀이라는 남자 신선이 살았어요. 그는 보토루라는
외딴 섬에 갔다가 마침 그곳에 온 여자 신선 타리부라얀과 함께
잠시 머물게 됐어요. 어느 날, 나무에 걸린 등나무 줄기를 무심코
세게 잡아당겼는데 마찰 때문에 불꽃이 일었고 바로 거기에서 불이

유래됐어요. 시간이 흐르면서 그들은 불을 이용해 음식을 익히는 법을 깨달았어요. 한번은 고구마를 구우려고 쪼그리고 앉았다가 그 자세 때문에 남자와 여자의 신체 구조가 다르다는 것을 발견했고, 그때부터 성별의 차이를 탐구하기 시작했어요. 훗날 둘은 부부의 연을 맺었고 자손이 널리 번성했어요. 그리고 그 자손들이 대만 동부에 와서 지금의 아메이족이 되었고요."

남녀 신선인 아보커라얀과 타리부라얀이 함께 아메이족을 창조한 데 반해, 우리 한족은 '여와'라는 여신이 진흙을 빚어 만들어 냈다고 한다. 심지어 흙물이 땅에 떨어져 인간이 되었다고 하니 제법 낭만적인 것 같기도 하다. 그래서 인간은 대체 어떻게 생겨난 걸까? 당장은 그 문제를 깊게 파고 싶지 않다. 어서 달려가서 물놀이를 해야겠으니까!

마야오 할아버지가 막 주차를 마치고, 파나이 할머니가 아메이족
전설 이야기를 채 끝내기도 전에 나는 먼저 바다에 뛰어들었다.
바닷물을 두 손으로 움켜 뜨면서 바라보니 할머니들도 일찌감치
바짓단을 걷고 파도를 밟고 있었다. 앗, 우리 할머니가 나보다 더
빨리 뛰다니, 관절염 때문에 걷기도 힘들다고 하시지 않았나? 내가
바닷물을 손으로 퍼서 할머니에게 뿌렸더니 할머니가 소리쳤다.

"어머나, 이 장난꾸러기가!"

그러고는 할머니도 내게 물을 뿌렸다.

할머니와 둘이 신나게 물싸움을 벌이고 있는데, 난데없이 물 위에 둥둥 떠 있는 무언가가 내 눈에 들어왔다.

"으아! 아아악!"

그게 뭔지 제대로 보자마자 나는 비명을 지르며 재빨리 뭍으로 나왔다. 내가 다친 줄 알고 할머니도 뒤따라 달려왔다.

"왜 그래? 무슨 일이니?"

"다 할머니 때문이에요!"

내가 잔뜩 짜증을 내며 말했다.

"나 때문에 바닷물이 눈에 들어갔어?"

할머니가 내 눈꺼풀을 까 보며 물었다.

"아니요! 할머니가 사 준 싸구려 종이 팬티 때문이라고요."

내가 두 손으로 엉덩이를 움켜쥐고 조그맣게 말했다.

"제 팬티가 찢어졌어요! 방금 허연 게 물 위에 떠 있길래 해파리인 줄 알고 봤더니 제 팬티잖아요!"

"푸하! 하하하!"

정말 너무해! 할머니가 틀니가 튀어나올 정도로 웃음을 터뜨렸다.

"하하하! 이왕 찢어진 걸 어쩌겠니, 가서 물놀이나 계속하자! 어차피 겉에 바지를 입어서 아무도 모를 거야."

할머니가 말했다.

"그렇지만…… 아직 팬티 반쪽이 제 엉덩이에 있다고요. 이대로 바다에 들어갔다간 다른 관광객들이 기겁할 일이 생길걸요!"

"하하하. 그럼 난 모르겠으니까, 넌 여기 남아서 모래나 갖고 놀든지!"

"할머니!"

내가 소리를 지르며 할머니를 붙들었다.

"저를 버리고 가시려고요?"

"아니면?"

"할머니."

내가 할머니를 유심히 쳐다봤다.

"타이둥에 온 뒤로 할머니가 좀 달라진 것 같아요."

"뜬금없기는! 내가 어디가 달라졌어?"

"달라졌어요! 예전에는 가족 여행 가면 할머니가 꼭 그랬잖아요. 노는 덴 관심 없으니 짐이나 대신 지키고 있겠다고요."

할머니가 멋쩍게 웃었다.

"노는 게 싫어서가 아니라 너희랑 노는 게 싫은 거였어. 네
할아버지가 밖에서 사 먹는 음식은 입에 안 맞는다고 놀러 가기
전날이면 항상 나한테 먹을 거, 마실 거를 준비시켰잖니. 여행지에
도착해서는 혹시 누가 우리 귀중품을 훔쳐 갈까 봐 나더러 지키라고
했고. 또 집에 돌아온 뒤에는 씻고 닦고 뒤처리할 게 산더미였지.
그러니 난 이미 기진맥진인데 무슨 수로 놀겠니? 그렇다고 내가 같이
안 가겠다고 하면 그러라고 했겠어? 근데 지금은 달라. 친구들이랑
함께 와서 아무런 부담이 없잖니. 그러니까 신나게 노는 게 당연하지!"

"하지만 저도 있잖아요!"

할머니가 미간을 찌푸리며 "쯧!" 하고 내뱉더니 주변을 둘러봤다.
그러고는 옆쪽을 가리켰다.

"그럼 이렇게 하자. 넌 가서 아주 할머니랑 놀아!"

말을 마친 할머니는 뒤돌아서 바람처럼 사라졌다. 우리 할머니가
나를 버리고 가다니! 난 자리에 털썩 주저앉았다.

"아주 할머니, 물놀이하러 안 가세요?"

"난 그냥 여기 앉아 있으려고. 이대로도 좋은데 뭐. 지금껏 살면서
이곳저곳 구경 다닐 기회가 별로 없었는데, 이렇게 친구들이랑 함께
여행도 와 보고. 이제 죽어도 여한이 없다!"

"말도 안 돼요! 지금 하나도 즐거워 보이지 않으신데요?"

아주 할머니가 입을 닫았다.

"아주 할머니, 할머니 가슴에 생긴 그 몹쓸 게 크기도 아주 작고 암이 맞는지 확실하지도 않다고 의사가 그랬다면서요. 그냥 혹시 모르니까 미리 떼어 내자는 거고요. 아니에요? 또 만에 하나 진짜 암이어도 완치될 확률이 굉장히 높다는데, 왜 그렇게 걱정하세요?"

아주 할머니는 손가락 끝으로 모래만 만지작거릴 뿐 말이 없었다.

그렇게 몇 초가 흐른 뒤 겨우 입을 열었다.

"있잖아, 웃으면 안 돼. 사실 난 걱정하는 게 아니라 조금 아쉬워서 그래."

"아쉽다고요?"

난 무슨 말인지 알아듣지 못했다.

"진짜 암이 맞는지 아닌지도 모르는데, 나랑 평생 함께한 애들을 그냥 떼어 내 버린다는 게, 난 정말이지……."

아주 할머니가 말을 잇지 못했다.

"아주 할머니."

내가 잠깐 고민한 뒤에 물었다.

"제가 정말 잘 몰라서 그러는데요, 그렇게 아쉬워할 만큼 걔네가 소중해요?"

"어…… 뭐라고 하면 좋을까……. 가슴은 여자의 일생에서 아주 중요한 존재라고 할까. 네가 어젯밤에 말한 다른 장기들, 그러니까 눈이나 콩팥 같은 거랑은 달라. 물론 다 우리 몸의 일부이긴 하지. 하지만 가슴은 우리 자신의 것만이 아니라 다른 사람하고도 연결돼 있거든. 그게 바로 우리 여자들만 알 수 있는 특별한 느낌인데, 음……."

아주 할머니가 어떻게 설명해야 할지 고심하는 듯했다. 그러고는
진지한 표정으로 저쪽에 있는 다른 할머니들을 가리켰다.

"저 사람들하고 같아. 모두 나의 오랜 친구들이지. 친구가 아프면
당연히 속상할 거야. 친구들과 헤어지면 마음이 더 아플 테고."

아주 할머니의 눈시울이 붉어졌다.

가슴을 어떻게 친구로 비유할 수 있는지 난 이해가 가지 않았다.
하지만 아주 할머니가 말한 그 느낌이 뭔지 조금은 알 것 같았다. 일
년 전에 있었던 일이 떠올랐다. 그때 내가 키우던 햄스터가 죽었다.
엄마는 그냥 햄스터일 뿐이라고 나를 달랬다. 새로 한 마리를
데려오면 될걸 도대체 왜 우냐고 말이다. 다른 사람한테는 그저 보통
햄스터겠지만 내 삶에 들어온 순간 녀석은 내 생활의 일부가 됐다.
그래서 녀석과 헤어질 때 난 살점을 떼어 내는 것처럼 괴로웠다.

"아주 할머니."

내가 말했다.

"혹시 가슴에게 편지를 쓸 생각은 안 해 보셨어요? 얼마나
사랑하는지 직접 알려 주는 거예요."

"응? 그게 무슨 말이니?"

"할머니 가슴에게 작별 편지를 한 통 쓰는 거죠!"

"별스럽긴! 가슴에게 편지를 쓰는 사람이 어디 있어?"

"가슴이 할머니의 오랜 친구라면서요? 친구한테 편지 쓰는 게 왜 별스러워요?"

"그렇지만…… 아무래도 좀 이상하잖아. 걔들은 그냥 가슴인데!"

"아주 할머니, 할머니가 더 이상해요! 언제는 가슴이 친구보다 더 가까운 존재라고 해 놓고선, 지금은 그냥 가슴일 뿐이라니. 할머니 마음속에 가슴은 대체 뭐예요?"

"흠! 그게…… 그러니까……."

목에 뭔가가 걸린 것처럼 아주 할머니는 한참을 머뭇거리며 답을 못했다.

"가슴에게 하고 싶은 말을 전하고 나면 정말로 마음이 한결 가벼워질 거예요! 예전에 제 햄스터가 죽었을 때, 저는 진짜 날마다 울었어요. 선생님이 '햄'이라는 말만 해도 울고, '스'라는 말만 들어도 울고, 하여간 수업을 못 들을 정도로 울고 또 울었어요. 그러다 선생님이 저한테 햄스터에게 작별 편지를 써 보라고 해서, 우리 반 애들이랑 나무 밑에서 추모식을 열었거든요. 근데 정말 신기하게도 추모식을 하고 나니까 안 울게 되더라고요. 여전히 좀 슬프긴 했지만, 그래도 녀석이 내가 자기를 얼마나 사랑하는지 알고 행복해할 것 같았어요. 그때 제 기분이 어땠는지 정확히 설명하기는 어렵지만 아무튼 큰 도움이 됐어요. 아주 할머니, 제 생각엔 할머니도 가슴에게 꼭 알려 줘야 할 것 같아요. 정말 많이 사랑하고, 평생 함께해 줘서 고맙다고요."

아주 할머니가 바다를 바라보며 잠시 생각에 잠겼다.

"근데…… 그럼……. 걔네와 이야기할 때 옷을 입어야 하나, 벗어야 하나?"

***

그날 저녁, 호텔에 돌아온 뒤 나는 할머니들에게 선언했다. 아주 할머니를 도와 '가슴에게 보내는 작별 편지'를 쓰겠다고 말이다.

우리 할머니가 내 머리를 쿡 찔렀다.

"애가 능청스럽긴!"

우리 할머니가 내 머리를 자주 찌르긴 하지만 사실 가끔은 내게 불만이 있어서라기보다, 다른 사람의 시선을 의식한 행동일 때가 있다. 남보다 선수를 쳐서 할머니로서 손녀를 훈계할 책임을 다하는 거다.

역시나 수뉘 할머니는 특유의 과장된 동작으로 눈가 주름을 눌러

펴면서 웃음을 터뜨렸다. 다만 입을 크게 벌리지 못해서 웃음소리가 꼭 산타 할아버지 같았다.

"호호호! 쑤잉, 공부 잘하는 너희 집 손녀는 확실히 머리가 남다르네!"

우리 할머니가 나를 잡아당기며 그만 우리 방으로 돌아가자는 뜻을 비쳤다.

"얘가 낄 데가 따로 있지, 매번 참 할 말도 많다!"

"방에 안 갈래요!"

내가 할머니의 손을 뿌리쳤다.

"십원 할머니, 제 얘기 좀 들어 보세요."

나는 수뉘 할머니를 제외한 나머지 할머니들이 십원 할머니의 의견에 잘 따른다는 걸 잘 알고 있었다. 그러니까 십원 할머니만 내 편으로 만들면 다들 생각을 바꿀 게 뻔했다. 수뉘 할머니야 뭐, 자기 맘대로 하겠지만!

내가 내 생각을 쭉 설명하고 끝으로 이렇게 덧붙였다.

"할머니들이 돌아가며 아주 할머니를 계속 위로했지만, 별 효과가 없었잖아요! 다들 친하시니까 그렇단 걸 분명 눈치채셨을 거예요. 상황이 그런데도 왜 제가 말한 방법은 해 보려고도 안 하세요? 혹시 효과가 있을지도 모르잖아요. 설마 아주 할머니가 계속 지금처럼 즐겁지 않기를 바라시는 건 아니죠?"

내가 조목조목 따지며 얘기했다. 이야! 내 말재주가 이렇게나 훌륭하다니. 난 일부러 잠깐 쉬었다가 말을 이었다.

"십원 할머니, 마야오 할아버지를 찾아온 이유가 평생 마음속에 맺힌 한을 풀기 위해서라고 하시지 않았어요? 아주 할머니의 마음속에도 풀어야 할 한이 있다고요!"

수뉘 할머니가 입을 가리고 과장되게 웃었다.

"후후후! 웃겨서 입 찢어지겠네. 가슴에다 편지를 쓰겠다니, 후후후! 가슴과 헤어지기 전에 정신 병원에 먼저 갇히겠어."

내가 수뉘 할머니의 말에 기분이 상해서 막 반박하려는데 십원 할머니가 때마침 입을 열었다.

"그렇게 한번 해 보는 것도 괜찮을 것 같구나."

십원 할머니가 오른쪽 눈꺼풀을 몇 번 깜빡였다.

"아주, 네 생각은 어때? 네가 결정하면 우린 두말없이 따를게!"

"눈에 경련이 난 거야?"

수뉘 할머니가 물었다.

"그래! 비싼 속눈썹을 달았더니 불편해서 그런다!"

십원 할머니가 눈을 두 번 더 세게 깜빡였다.

"흥! 내가 모를 줄 알고……."

몇 마디 쏘아붙이려던 수뉘 할머니가 급히 말을 멈추더니 손을 내저었다. 십원 할머니와의 사이가 이전과 달라졌다는 사실이 생각난 듯했다.

"관두자, 관둬. 말을 말아야지!"

우리 할머니가 믿을 수 없다는 듯 물었다.

"진짜로 이 꼬맹이 말대로 하게?"

"혹시 알아? 정말 효과가 있을지……."

아주 할머니가 고개를 끄덕였다.

"쳇! 나더러 의리 없다고 하지 마. 난 그런 정신 나간 짓엔 안 낄 테니까!"

수뉘 할머니가 눈을 한번 흘기더니 새빨간 입술을 쭉 내민 채 고개를 저으며 소파에 앉았다.

***

"어서요! 우선 편지를 한 통 써야 해요!"

'사랑하는 가슴에게.'

호텔에 있는 편지지에다 내가 첫마디를 적었다.

"넌 표준어를 쓰지만 난 내 가슴이랑 말한다면 사투리를 쓸 텐데. 안 그러면 애들이 못 알아들을 거야."

아주 할머니가 말했다.

내가 머리를 긁적였다.

"아주 할머니, 저는 사투리는 잘 모르는데……."

"아무렇게나 써!"

십원 할머니가 말했다.

"걔들은 네 가슴이잖아. 네가 알아들으면 걔들도 알아듣겠지. 네가 걔들이고 걔들이 바로 넌데!"

아주 할머니가 고개를 숙여 자기 가슴을 지그시 바라봤다.

"사랑하는 가슴에게……."

아주 할머니가 침을 꿀꺽 삼켰다.

"사랑하는 가슴에게……."

모두가 다음 문구를 기다리는 가운데, 아주 할머니가 천천히 고개를 들었다.

"뭐라고 말해야 할지 모르겠어."

"그냥 처음부터 얘기해. 그게 아무래도 자연스럽지. 우리 여자들의 생로병사 이야기처럼."

십원 할머니가 말했다.

난 '가슴의 일생'이라는 제목을 곰곰이 생각했다. 멋진 제목 같았다.

수뉘 할머니가 눈썹을 치켜올리며 나지막이 한마디 뱉었다. 그래도 우리한테 다 들릴 정도로 소리가 컸다.

"흥, 단체로 머리가 어떻게 됐나 보네!"

한참이나 잠자코 있던 아주 할머니가 드디어 입을 뗐다.

"카이팅, 그냥 편하게 말할 테니까 네가 알아서 적으렴."

그러고는 또 잠깐 멈췄다가 얘기했다.

"우리 때는 지금 너희랑 달라. 가슴이 커지면 어떻게 되는지 가르쳐

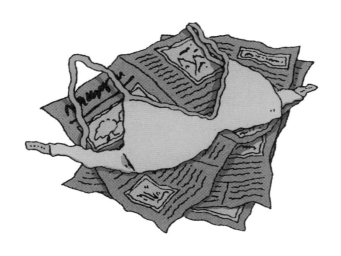

주는 사람은 없었지만 그렇다고 우리를 놀리는 사람도 없었어.
누구는 빠르고 누구는 조금 늦을지 몰라도 어쨌든 여자라면 다 겪는
일이니까. 그나저나 처음 브래지어를 입던 날이 떠오르네. 어느 날
우리 엄마가 '입을 때가 됐구나.' 하면서 신문지로 싼 무언가를 나한테
줬어. 살구색 천으로 된 브래지어 두 벌이 그 안에 들어 있더라고.
그때 얼마나 신나던지. 브래지어가 커서 컵이 절반이나 남았는데,
우리 엄마가 말했어. 어차피 앞으로 자랄 테니까 큰 걸 사야 몇 년 더
입을 수 있다고 말이야. 그 뒤로 천이 해질 때까지 입었지만 사실 내
가슴은 조금도 커지지 않았어. 그래도 난 아주 기뻤단다."

　아주 할머니가 말을 이었다.

"방에서 혼자 그 헐렁한 속옷을 입어 보는데 너무 설레어서 내 몸에서 눈을 뗄 수가 없더라고. 이제부터 나도 어른이 된 것 같았거든. 인생의 새로운 단계가 펼쳐지는 느낌이었지."

"나도 첫 번째 브래지어는 아직도 기억해."

우리 할머니가 어쩐 일인지 먼저 생각을 밝혔다.

"우리 언니가 입다가 나한테 물려준 거였어. 내가 벌써 세 번째 주인이었지. 셋째 딸은 팔자가 좋다고들 하는데, 난 전혀 아니었어. 하나부터 열까지 언니들이 쓰던 것을 물려받았거든. 당시에 둘째 언니가 브래지어를 내게 주면서 어떻게 입는지 찬찬히 가르쳐 줬어. 그리고 특별히 한 가지 더 당부했지. 소변 나오는 곳에서 혹시 피가 보이거든 언니들한테 말하라고! 하하하!"

우리 할머니가 큰 소리로 웃더니 계속해서 말했다.

"처음 달거리가 왔을 때 난 내가 죽을병에라도 걸린 줄 알았다니까. 그때 마침 온 가족이 함께 밥을 먹느라 할아버지, 할머니, 숙부, 숙모, 오빠, 언니들에 사촌들까지 모여 있었는데, 내가 화장실에서 뛰쳐나와 엄마한테 울면서 소리쳤어. '엄마, 엉덩이에서 피가 막 흘러나와요. 나 죽으려나 봐요!' 하고 말이야. 그랬더니 우리 오빠랑 사촌 오빠들은 웃음을 터뜨렸고, 우리 아빠는 붉으락푸르락하더니

젓가락을 내던지면서 우리 엄마한테 그러더라. '창피해 죽겠네. 대체
애를 어떻게 가르친 거야!' 하고."

"달거리가 뭐예요? 그게 뭐길래 할머니 엉덩이에서 피가 나요?"

내가 물었다. 우리 할머니가 입을 삐죽이며 웃었다.

"옛날에는 생리를 그렇게 불렀단다!"

"아, 생리! 그건 아홉 살 때 벌써 알았어요. 우리 엄마는
'그날'이라고 해요. '마법'이라고 할 때도 있고요. 참 이상해요. 생리면
그냥 생리지. 부르는 이름이 뭐 그렇게 많대요?"

이어서 할머니들은 생리통으로 자리에 누워 끙끙 앓던 일을
떠올리기 시작했다. 심지어 생리대의 역사를 놓고 토론까지 했다.

십원 할머니가 말했다.

"날개 달린 생리대 광고를 처음 봤을 때 어찌나 이상하던지.
그땐 그렇게 생각했거든. 날개를 대체 뭐에 쓴담? 진짜 날아가면
어쩌려고! 새빨간 생리대가 허공을 날아다닌다고 상상하면 너무
괴상망측하잖아. 나중에 사람들이 그게 편하다고 해서 나도 사다 써
봤는데, 처음엔 편하긴 했지. 근데……."

십원 할머니가 말을 끝맺지 못하고 웃느라 자지러졌다.

"근데……."

"근데 뭐?"

아주 할머니가 재촉했다. 십원 할머니가 가슴팍을 부여잡았다.

"하하하! 떼어 낼 때 사람을 잡더라고! 아파 죽는 줄 알았어!"

"후후후!"

원래 정색하고 못 본 체하던 수뉘 할머니가 언제 왔는지 어느새 함께 앉아 큰 소리로 웃어 대서 다들 깜짝 놀랐다.

"후후후! 웃겨 죽겠네! 팬티에 붙여야 하는 쪽을 엉덩이에 갖다 댔구나! 떼어 낼 때 털이 뽑힐 테니까 당연히 아프겠지!"

방 안이 온통 떠들썩한 웃음소리로 가득 찼다. 십원 할머니는 심지어 배를 부여잡고 침대 위를 뒹굴었고, 아주 할머니는 입이 귀에 걸릴 듯 웃으면서 옷깃으로 연신 눈물을 훔쳤다. 우리 할머니는 웃으면서도 부끄러운지 얼굴을 붉혔다. 수뉘 할머니는 두 손으로 양쪽 눈가를 꾹 누르느라 엄지를 치켜올려서 마치 꽃게가 얼굴에 붙어 있는 것처럼 보였다. 주름 방지를 위해 열 손가락이 총출동한 걸 보면 수뉘 할머니가 얼마나 흥분했는지 짐작이 갔다.

나 역시 웃느라 숨을 몰아쉴 정도였다. 그런데 이렇게 샛길로 빠지면 어떻게 편지를 쓰지? 내가 얼른 화제를 돌렸다.

"생리 얘기는 이제 그만해요! 아주 할머니의 가슴 얘기를 계속해 주세요."

아주 할머니가 다시 옷자락을 끌어다 남은 눈물을 닦았다.

"가슴은 날마다 자랐어. 그렇다고 수뉘 가슴만큼 크진 않았지만."

아주 할머니의 갑작스러운 말에 수뉘 할머니의 눈빛에 놀라움이 스쳤다. 그렇지만 입가에는 엷은 미소가 감돌았다. 아주 할머니가 이어서 말했다.

"솔직히, 크기가 여자한테 얼마나 중요한지는 잘 모르겠어. 가슴이 작다고 내가 행복하지 않았던 것도 아니니까. 여하튼 우리 아들 한밍이 갓 태어났을 때가 생각나. 내 가슴팍에 엎드려서 두리번거리다가 한참 만에 젖을 찾아 입에 물었지. 처음 젖을 빠는 그 순간 내 심장이 찌릿했어. 당시엔 막 애를 낳은 후라 젖이 잘 안 나왔지만, 아기가 힘껏 빠는 모습을 보니까 어찌나 마음이 뭉클하던지 눈물이 나더라고. 그때가 첫 출산이라 가슴이 엄마와 아이를 이어 주는 최초의 연결 고리라는 걸 처음 느꼈거든."

"나도 그랬어."

우리 할머니가 말했다.

"내 아들은 이가 돋아나면서 젖을 빨 때마다 가슴을 물었어. 그 통에 매번 비명이 절로 나왔지. 그래도 아들이 내 가슴팍에 누워 있던 그 따듯한 느낌이 참 좋았어."

"할머니, 아빠가 할머니를 물었어요?"

내가 물었다.

"그랬다니까! 세 살까지 젖을 먹었거든. 놀다가 나한테 뛰어와서는 젖 먹겠다고 보채고, 겨우 두어 번 빨고는 또 놀러 가곤 했지. 하하, 젖이 먹고 싶어서가 아니라 나한테 치대려는 거였어. 내가 자기 옆에 있는지 확인하려고."

할머니가 말했다.

"한번은……."

아주 할머니가 얘기를 이어 갔다.

"내가 맹장염으로 수술을 받느라 젖을 못 물린 적이 있어. 그때 의사가 내게 젖을 멈추는 주사를 권했는데, 난 안 맞겠다고 했거든. 그랬더니 가슴이 꼭 터지기 직전의 풍선처럼 부풀어서 조금만 움직여도 신경 하나하나가 끊어지는 듯했어. 수천 수백 개의 바늘이 찌르는 것 같달까, 불구덩이 두 개가 활활 타는 것 같달까, 하여간 맹장염 수술한 데보다 백배는 더 아팠지. 차라리 젖을 끊어 버릴까 싶다가도 아들을 생각하면 또 모유만큼 영양가 높은 게 없다니까, 못 그러겠더라고. 더구나 그때 아들이 흰죽을 잘 안 먹고 매일 울면서 보챈다고 애 아빠가 그랬거든. 포동포동 올랐던 살이 며칠 만에 쑥 빠졌다면서 말이야. 그 얘기를 듣고 엄마로서 얼마나 마음이 짠하던지……. 아무리 아파도 참게 되더라."

아주 할머니가 두 손으로 가슴을 감쌌다.

"퇴원해서 한밍을 품에 안는 순간 모든 걱정이 눈 녹듯 사라졌어. 그제야 안심이 되고 더 바랄 게 없는 기분이었지."

아주 할머니는 한밍 아저씨가 여전히 품에 안겨 있는 것처럼 가슴팍을 그윽하게 바라봤다.

"아주 할머니, 제가 할머니라면요, 한밍 아저씨가 속 썩이면 다시 배 속으로 집어넣을 거 같아요!"

"으이구! 우린 아들딸이 나중에 효도하길 바라고 그러는 게 아니야. 그냥 마음에서 우러나서 잘해 주는 거란다. 그게 바로 엄마거든."

십원 할머니가 아주 할머니의 어깨를 토닥였다.

"그런 감정은 우리 여자들만 이해할 수 있지."

"근데 만약 애를 안 낳거나, 애를 낳긴 했는데 모유 수유를 안 하면요? 아예 결혼 자체를 안 하면 어떻게 돼요? 저는 남자애들이 너무 싫거든요. 우리 반 남자애들 몇 명은 엉덩이에 벌레라도 붙었는지 잠시도 가만히 있질 않아요. 아니면 다 변태라서 아무 말이나 지껄대기 일쑤고요. 정말 짜증 나요! 전 나중에 절대로 결혼 안 할 거예요. 그럼 제 가슴은 남하고 아무 관계도 없을 거고요."

"남자애들도 크면 달라질 거야!"

우리 할머니가 말했다.

"결혼을 안 하거나 애를 안 낳으면 가슴에 갖는 느낌이 어떨지 나야 잘 모르지만, 여하튼 사는 게 다르면 느낌도 다르겠지. 세상에 두루두루 완벽한 건 없다고, 뭐든 장단점이 있기 마련이니까. 결혼해서 애 낳고 살면 그에 따른 재미가 있을 테고, 안 하면 또 그 나름대로 좋은 점이 있겠지. 내가 유식하지 못해서 어떻게 표현해야 좋을지 잘 모르겠지만, 어쨌든 여자의 가슴은 다른 장기랑은 달라. 우리 삶의 희로애락과 맞닿아 있거든."

가슴은 우리 여자들 몸의 일부이면서 다른 사람들과의 연결고리이기도 하고, 또 우리의 희로애락과도 맞닿아 있다고? 무지 복잡한데!

"사람이 나이 먹는 것처럼 가슴도 마찬가지야. 납작해지고 모양도 변하지."

아주 할머니가 덧붙였다.

"꼭 그런 건 아냐, 내 건 그대로거든!"

수뉘 할머니가 깔보는 듯한 말투로 끼어들었다.

"거짓말하지 마. 사람이 나이 들면 우리 몸도 구석구석 똑같이 늙는 거지, 네 가슴이 가짜가 아니라면."

십원 할머니가 말했다.

"무슨 소리, 내 건 자연산이야!"

수뉘 할머니가 가슴을 내밀며 말했다.

"내가 모를 줄 알고? 만약 진짜로 가슴이 그렇게 크면 무게 때문에 늘 등허리가 쑤시고 척추가 좋을 리 없어. 나이 들수록 더 심하게 처질 테고. 만사가 그런 거야, 다 좋을 수는 없거든. 크면 큰 대로 고민이 있고 작으면 작은 대로 좋은 점이 있지! 그렇다고 가짜를 달면 문제가 더 많겠지만. 그나저나, 멀쩡한 가슴을 두고 가짜를 못 달아서 안달인 여자들을 보면 참 알다가도 모르겠다니까."

십원 할머니가 말했다.

"맞아. 다른 아파트 단지에 사는 친구한테 들었는데, 걔는 가슴이 큰 탓에 척추가 휘어서 통증 때문에 걷지도 못한대. 내 무릎 관절염보다 상태가 더 심각하더라고. 늙으니까 가슴이 처져서 거의 배꼽까지 늘어졌다고 나한테 맨날 하소연한다니까. 그리고 여름만 되면 땀띠가 돋아서 가렵고 따갑기까지 하다나."

우리 할머니가 얘기했다. 어쩐 일인지 수뉘 할머니가 반박하지 않았다.

"예전에 우리 할머니한테 들은 재미난 얘기가 있는데……."

십원 할머니가 말했다.

"옛날 여자들은 애를 여덟이고 열이고 낳는 일이 많았잖아. 우리 옆집에 살던 아주머니가 어느 날 막내아들을 등에 업고 밥을 짓는데, 아들이 젖 달라고 울더래. 그래서 저고리 단추를 풀고는 가슴을 등 뒤로 휙 넘겨서 젖을 먹였다는 거야."

십원 할머니가 얘기하면서 가슴을 휙 넘기는 시늉을 했다.

"아들이 배불리 먹고 입을 벌리니까 가슴이 다시 앞으로 휙 돌아왔는데, 어이쿠! 그대로 솥에 닿아서 데었다나!"

"하하하!"

"후후후!"

호텔의 방음이 좋은 편이라 망정이지, 아니었으면 할머니들 웃음소리에 다른 손님들이 놀라 자빠졌을 거다.

나도 물론 함께 웃었다. 정말 너무나 황당한 얘기였으니까!

할머니들은 가슴에 얽힌 온갖 경험담들을 계속 풀어놨다. 그런데 난 조금 골치가 아팠다. 내 작문 실력이 꽤 괜찮다고 해도 이렇게 별별 얘기가 쏟아지는데, 도대체 어떻게 편지를 완성하지?

* * *

할머니들이 언제나처럼 밤 여덟 시 드라마를 챙겨 보는 틈에 난 혼자 방에 틀어박혀 머리를 쥐어짰다. 잠이 쏟아지기 전에 마침내 오백 자가 안 되는 편지를 그럭저럭 완성했다. 이 정도면 내가 할 수 있는 최대치였다. 난 이제 겨우 열 살 반이니까 말이다.

편지를 반복해서 읽어 보다가 한 가지 아이디어가 번쩍 떠올랐다.

(7월 7일) 타이둥: 맑음.

이튿날 아침 일찍 우리는 호텔에서 아침을 먹었다.

"아주 할머니, 편지 다 썼어요! 그래서 두 번째 단계를 진행하려고요. 할머니의 가슴을 위해서 송별회를 여는 거예요!"

"그게 대체 무슨 소리야? 가슴에게 편지를 쓰는 것도 어처구니없는데, 송별회까지 열자고?"

수뉘 할머니가 우리 할머니를 보며 말했다.

"쓰잉, 너희 집 손녀가 어디 아픈 거 아니니?"

관자놀이 옆에다 손으로 동그라미를 그리면서 수뉘 할머니가 말했다.

"작별 편지는 써 놓고 송별회를 안 하는 게 더 이상하지 않아요? 아주 할머니더러 혼자 화장실에 들어가 가슴에 대고 편지를 읽으라고 할 거예요? 그거야말로 이상하죠! 그건 가슴을 무시하는 행동이라고요! 수뉘 할머니가 아주 할머니의 가슴이라고 생각해 보세요. 그런 취급을 당해도 좋으시겠어요?"

"푸후!"

수뉘 할머니가 입안에 있던 죽을 모두의 얼굴에 확 뿜었다. 식탁 위의 음식에다가도 말이다. 하늘에서 꽃비가 내리는 것 같았다.

"야!"

십원 할머니가 소리를 질렀다.

"수뉘, 더럽게 이게 뭐야? 밥알을 사람들한테 뿜으면 어떡해!"

다들 냅킨으로 몸을 닦느라 분주했다.

"쓰잉의 손녀 때문에 그런 거잖아. 기가 막혀서, 나더러 아주의 가슴이라니."

"그건 그냥 비유잖아요!"

나도 짜증이 훅 치밀었다. 수뉘 할머니의 밥알이 날아와 내 얼굴에 달라붙은 것도 모자라 씹다 남은 장아찌 조각까지 내 입가에 매달렸다. 하지만 난 꾹 참으며 마음을 다스리는 수밖에 없었다.

"그냥 다 같이 해변에 둘러앉아서 아주 할머니가 작별 편지를 읽을 때 옆에 있어 주자고요. 그게 다예요! 근데 중요한 게 하나 있어요."

"그게 뭔데?"

아주 할머니가 물었다.

"아주 할머니의 가슴을 위해서 비키니 파티를 열어 줘야 해요."

"비키니 파티가 뭐야?"

아주 할머니와 십원 할머니, 그리고 우리 할머니가 동시에 물었다.

"하하하! 상의랑 하의가 떨어져 있는 수영복이잖아!"

수뉘 할머니가 웃으며 말했다.

"너 말이야, 입을 너무 활짝 벌려서 주름이 세 줄 늘었어!"

십원 할머니가 수뉘 할머니를 쏘아봤다.

"어머나! 깜빡했네!"

수뉘 할머니가 얼른 입가를 눌렀다.

"이게 다 쑤잉의 손녀 때문이야. 비키니는 무슨, 난 싫어. 온몸이 군살투성이라 비키니 입으면 엄청 흉할 텐데."

"그래, 그건 나도 못 입을 것 같아."

눈앞에 치한이라도 본 듯 아주 할머니가 두 팔로 가슴을 감싸며
말했다.

"아미타불, 나도 못 해. 가슴을 절반이나 드러내는 건 점잖지가
않잖아. 평생 수영복도 안 입어 봤는데 비키니를 입으라고?"

머리가 떨어져 나갈 듯이 세차게 고개를 저으며 우리 할머니가
말했다.

"할머니들 너무 이상해요. 어젯밤엔 가슴이 평생토록 얼마나
많은 일을 겪고 가족과 아이들을 위해 희생했는지 침이 마르게
얘기하시더니, 이제 한 번쯤 가슴을 예쁘게 꾸미고 자유롭게 해
주자는데 그건 싫다고 하시다니요. 자기 가슴에게 미안하지도
않으세요? 예전에 애를 낳아 키울 땐 남 앞에서 젖 먹여도 창피해하지
않으셨잖아요. 근데 왜 지금은 비키니 좀 입는다고 점잖지 않다는
거죠? 앞뒤가 안 맞는 거 같지 않아요? 남이 비키니를 입으면
경박해 보여요? 다른 할머니들이 입으면 보기 흉하다고 생각하실
거예요? 창피한지 아닌지, 보기 흉한지 아닌지는 할머니들 생각에
달린 것뿐이에요. 더군다나, 타이둥엔 할머니들을 알아볼 사람도
없잖아요?"

내가 기관총처럼 쉴 새 없이 쏘아 대서 할머니들은 저항할 틈도 없었다. 난 화가 날수록 말발이 강해져서 스스로도 감탄할 때가 많았다. 우리 오빠도 말로는 나를 못 이겨서 싸움 막판엔 늘 두 손을 들고는 했다.

계속해서 내가 말했다.

"아주 할머니, 여행 끝나고 돌아가면 가슴을 떼어 내실 거잖아요. 그럼 앞으로는 가슴을 제대로 뽐낼 기회가 영영 사라질 텐데, 그래도 괜찮으세요?"

이 말이 아주 할머니의 마음에 와닿았는지 할머니가 고개를 떨군 채 가만히 오른쪽 가슴을 어루만졌다. 나는 아차 싶었다.

"죄송해요, 아주 할머니. 너무 마음 아파하지 마세요."

그리고 이어서 말했다.

"제 생각이 맞는지 잘 모르겠지만, 아까 수뉘 할머니한테 만약 할머니가 아주 할머니의 가슴이라면 그런 취급을 당해도 좋겠냐고 말한 건, 제가 진심으로 그렇게 느꼈기 때문이에요. 편지를 써 내려갈수록 우리 여자들의 가슴도 나름대로 감정이 있다는 생각이 들었거든요. 기쁨도 있고 아픔도 있고 그리고 생명도 있고요."

아주 할머니가 고개를 들어 나를 바라봤다. 내가 덧붙였다.

"이제 얼마 후면 할머니의 가슴이 사라져요. 평생 할머니를 위해 살았고, 할머니가 다른 사람과 수많은 추억을 나눌 수 있게 이어 줬는데 할머니는 가슴을 위해 한 번도 용감하게 나선 적이 없잖아요. 아주 할머니, 가슴이 곧 떠나요!"

내 말을 다 들은 아주 할머니가 고민스러운 듯 입술을 오므렸다.

"카이팅 말이 맞아. 평생 나랑 함께했는데, 잃을 때가 돼서야 그동안 내가 온전히 아껴 준 적이 없다는 걸 깨달았어. 비키니인지 뭔지 좀 입는다고 창피할 게 뭐야? 애들아, 미쳤다고 해도 좋아. 남사스럽다고 해도 그만이고. 부탁이야, 이번 한 번만 나랑 함께해 줄래?"

***

그날 아침 식사로 나온 고기가 올라간 죽도 아깝고 우유 식빵도 아쉬웠지만, 그래도 우리는 가슴을 제대로 대접해야 했기에 곧장 가까운 수영복 매장으로 출동했다. 말이 좋아 출동이지, 사실 할머니들은 매장 안에서 한참을 머뭇거렸다. 아주 할머니가 여자 점원의 귀에다 대고 겨우겨우 말했다.

"비 뭐라더라, 그거 있어요?"

점원이 인상을 쓰며 대답했다.

"할머니, 빗자루가 필요하시면 바로 옆 철물점에 가 보세요."

"하하! 너도 참 촌스럽긴, 내가 얘기할게!"

수뉘 할머니가 아주 할머니를 옆으로 밀치고 점원에게 말했다.

"비키니 다섯 벌 사려고요!"

"저도요?"

내가 손으로 내 코를 가리켰다.

"저도 사요?"

망했다. 막상 나를 빼놓고 생각하다니.

"아니면? 우리 넷은 비키니 입고, 넌 꽁꽁 껴입게?"

수뉘 할머니가 눈썹을 치켜올렸다.

좋아. 끝까지 의리를 지켜야지. 나도 입지, 뭐!

그 여자 점원은 죽은 나뭇가지에 꽃을 피우는 경지의 전문성을 가진 듯했다. 점원은 쌍쌍이 포대 자루처럼 늘어진 가슴들을 '손봐서' 둥그런 반구 모양으로 변신시켰다. 십원 할머니는 마지막에 오렌지색 바탕에 흰 물방울무늬가 들어간 비키니를 골랐는데, 발랄하고 대담한 색감이 할머니의 얼굴선을 훨씬 부드러워 보이게 했다. 신기하게도 그렇게 예쁜 색깔을 입으니까 십원 할머니의 엉덩이가 오히려 한 치수는 작아 보였다. 수뉘 할머니의 비키니는 반드시 '위로 모아 주는' 기능이 있어야 한다고 점원이 강조했다. 우리 할머니에게는 색깔이 화려하고 살짝 주름이 잡힌 것을 골라 줬다. 그래야 커 보이는 효과가 있다면서 말이다.

아주 할머니는 가슴을 전부 감싸면서 더 봉긋하고 둥글게 보이는 비키니를 추천받았다. 실제로 입으니까 과연 눈이 번쩍 뜨이게 잘 어울렸다. 거울 앞에서 이런저런 자세를 취해 보던 아주 할머니가 물었다.

"아가씨, 내 가슴에 종양이 있대요. 한쪽을 떼어 내도 이 비키니가 어울릴까?"

순간 뭐라고 대답할지 몰라 점원이 말을 조금 더듬었다.

"아, 그게……. 그건, 상황에 따라 다르죠!"

"무슨 상황이요?"

아주 할머니가 물었다.

"그러니까…… 가짜 가슴을 만들 수도 있잖아요!"

"가짜로?"

"네! 유방 재건 수술을 하시면, 이것도 계속 입을 수 있어요."

아주 할머니가 오른쪽 가슴을 어루만지며 거울에 비친 모습을
바라봤다.

"아니, 가짜는 안 만들 거예요. 다른 것으로 바꿔 줄래요? 가슴을
떼어 낸 후에도 입을 수 있는 비키니로."

가슴을 절제한 후에도 비키니를 입겠다니! 아주 할머니는 진짜 나의
우상이다. 이제 더는 예전의 아주 할머니가 아니었다. 내가 뒤에서
아주 할머니를 껴안으며 할머니의 등에 얼굴을 묻었다. 금방이라도
눈물이 날 것 같았다.

"아주 할머니, 사랑해요!"

결국 점원이 아주 할머니에게 골라 준 건 세모난 컵의 비키니였다.
나중에 한쪽 가슴이 없어져도 안쪽에 패드를 넣어서 균형을 맞출 수
있다고 했다. 아주 할머니가 용감하다면 짝짝이도 괜찮겠지만 말이다.
색상도 과하지 않았다. 할머니들의 수영복 바지는 모두 밑위가 높은
디자인이라 배를 편안하게 덮고 딱 맞게 조였다.

내 비키니는 가격도 싸고 귀여운 검은색 체크무늬로 골랐다. 아직
성장기라 몇 년밖에 못 입을 거라고 우리 할머니가 고집해서 그렇게
됐다.

점원이 이런 명언을 남겼다.

"비키니는요, 안 입는 사람은 있어도 입어서 안 예쁜 사람은 없어요!"

진짜 그랬다! 절대 과장하는 게 아니라, 정성껏 고른 비키니를 입은 할머니들의 모습은 입이 떡 벌어지고 눈이 튀어나올 정도였다.

***

우리는 다시 해변으로 갔다. 이번에는 우리끼리 가는 게 편할 것 같아서 마야오 할아버지에게 데려다 달라고 부탁하지 않았다. 알아보는 이가 없는 낯선 곳에 오면 사람이 원래 대담해지는 걸까, 아니면 여럿이 뭉쳐서 용기가 마구 샘솟는 걸까? 앞일이 걱정인 아주 할머니와 소심한 우리 할머니, 늙고 못생겨지는 게 두려운 수뉘 할머니까지 결국엔 마음속 걱정을 떨쳐 버리고 용감하게 도전했다.

도대체 무엇이 할머니들의 마음을 움직였는지는 나도 잘 모르겠다. 확실한 건 모두가 할머니들의 모습을 꼭 봤어야 했다는 거다. 비키니를 입고 탈의실에서 나온 할머니들이 주변의 시선 따위는 아랑곳하지 않은 채 고개를 높이 들고 성큼성큼 발걸음을 뗄 때의 그 기세를! 탄성이 절로 나왔다.

　할머니들이 모래사장을 걷자, 거대한 기마 부대가 내달릴 때처럼 발밑으로 엄청난 모래 먼지가 일었다. 그 모습은 마치 히어로 영화의 주인공들이 적과 싸우러 가는 모습처럼 위풍당당했다.

　바로 그 순간, '하늘의 거울'이라는 이곳 바다에 비친 건 대자연의 아름다움뿐만이 아니었다. 인생에 맞서는 여자들의 멋진 모습도 거기 있었다.

　우리는 관광객이 적은 모래사장 쪽을 골라 둥글게 모여 앉았다. 할머니들의 비장한 표정을 보면서 나는 문득 우리가 무슨 종교

의식이라도 거행하는 듯한 느낌이 들었다.

분위기 때문인지 맨날 툴툴거리기를 좋아하는 수뉘 할머니조차 매우 협조적이었고, 행동에도 진지함이 묻어났다. 우리는 주변의 수많은 관광객의 시선 따위 신경 쓰지 않고 오직 우리의 성스러운 의식에 집중했다.

이런 엄숙한 의식에서 개회사가 빠질 수 없었다. 하지만 난 열 살 반밖에 안 된 아이인데 개회를 선언하는 건 좀 안 맞지 않을까?

내가 물었다.

"십원 할머니, 사회를 좀 봐 주실래요?"

"내가? 난 뭐라고 해야 할지 모르겠는데!"

내가 이번에는 수뉘 할머니를 바라봤다.

"그럼 수뉘 할머니, 할머니가 해 주세요! 아는 게 가장 많으시잖아요!"

"어어어! 나 시키지 마. 그런 거 할 줄 모르니까!"

수뉘 할머니가 두 손으로 손사래를 쳤다.

십원 할머니가 내 볼을 꼬집으려고 손을 뻗었다. 그런데 퍼뜩 동작을 멈추고 뭔가를 생각하더니 손을 도로 넣었다. 아마도 그 순간만큼은 나를 그저 꼬맹이로 여기지 않으려는 것 같았다. 십원 할머니가 웃으며 내게 말했다.

"어른도 때로는 아이의 도움을 받아야지. 네가 해라!"

"큼, 큼!"

내가 목소리를 가다듬었다.

"친애하는 아주 할머니의 가슴님, 안녕하세요? 지금 여기에 십원 할머니와 수뉘 할머니, 우리 할머니인 쑤잉, 그리고 저 카이팅이 모였어요. 우린 아주 할머니의 친한 친구들이에요."

이 부분에서 난 속으로 뜨끔했다. 내가 할머니들과 친구라고 말하면 무례하지 않을까? 할머니들을 죽 둘러봤는데 다행히 별다른 기색이 없었다. 나는 계속해서 말했다.

"당신에게 병이 생겨서 곧 아주 할머니와 헤어질 예정인 거 알아요. 당신이 떠나기 전에 아주 할머니가 하고 싶은 말이 많대요. 그래서 할머니가 이 송별회에 우리 모두를 초대했어요. 할머니와 평생을 함께한 당신에게 다 함께 감사의 인사를 전하려고요."

내가 조심스레 편지를 꺼내 아주 할머니에게 건넸다.

"제가 사투리로는 편지를 쓸 줄 몰라요. 그리고 잘 받아쓰나 모르겠어요……."

아주 할머니가 가볍게 고개를 끄덕였다.

"괜찮아, 뜻만 통하면 돼."

아주 할머니도 목을 가다듬었다.

"큼! 큼!"

사랑하는 가슴에게

얼마 전에 네가 아프다는 걸 알았어. 다 내 잘못이야. 언제부터 네게 병이 생겼는지 알아채지 못해서 정말 미안해! 그리고 너한테 고맙다고 말하고 싶어. 나와 평생을 함께하며 수많은 추억으로 내 삶을 다채롭게 만들어 줘서 고마워.

네가 자라났을 때, 그건 내가 자랐다는 의미이기도 했어. 엄마에게
처음으로 브래지어를 받던 순간은, 비록 네 크기에 딱 맞지는 않았어도 우리
둘에게 아주 중요한 사건이었지. 그 후, 결혼이며 출산이며 내가 살면서 겪은
인생의 여러 단계에서 너를 빼놓고는 생각할 수 없을 것 같아. 특히 내 아들
한밍이 젖을 먹던 장면이 생생해. 녀석이 막 태어나 맨 먼저 필사적으로
찾던 게 바로 너였지. 드디어 널 찾아 입에 물었을 때 난 너무 감동한 나머지
눈물이 났어. 우리 모자가 서로 이어지는 느낌이었거든. 그로부터 몇 달 뒤,
내가 맹장 수술로 젖을 못 물리게 되자 넌 당장이라도 터질 듯 풍선처럼
부풀어 올랐어. 의사가 나더러 아예 젖을 없애는 주사를 맞고 아이에게
분유를 먹이라고 권했지만 난 거절했어. 어떻게든 이를 악물고 버티며 퇴원할
때까지 참았지. 집에 돌아와 아들을 안고 젖을 물리고 나서야 네가 겨우 숨을
돌리기 시작했어. 아들에게 다시 모유를 줄 수 있게 돼서 나도 무척 기뻤어.

이제 난 나이를 먹어서 얼굴에 주름이 가득해. 너도 나를 따라 늙어 가며
처지고 납작해졌지만 그래도 난 여전히 널 사랑해. 누가 그러더라, 여자는
가슴이 커야 예쁜 거라고……

이 대목에서 아주 할머니는 잠시 낭독을 멈추고 수뉘 할머니를

처다봤다.

하지만 난 크기에 상관없이 모든 가슴은 다 예쁘다고 말하고 싶어. 크든 작든 우리 여자들의 인생이고 저마다 기쁨과 슬픔이 있는 거니까.

아주 할머니가 눈시울을 붉히며 코를 훌쩍였다.

내게 행복을 느끼게 해 줘서 고마워. 이제 너는 며칠 후에 절제될 테고 이 세상을…… 떠나게 될 거야. 하지만…… 너한테 이 말은 꼭 전하고 싶어. 평생 너를 정말, 정말 사랑했어. 안녕, 내 가슴.

-7월 7일 리슈주가

아주 할머니가 나지막이 흐느껴 울었다. 내가 다른 할머니들을 둘러봤더니 뜻밖에도 다들 얼굴이 눈물범벅이었다. 어쩌면 우리가 작별한 게 단지 아주 할머니의 가슴만은 아닌 것 같았다.

"카이팅, 너한테 감사 인사를 해야겠구나! 내가 하고 싶은 말을 편지로 적어 줘서 고마워. 여전히 슬프긴 해도 기분이 훨씬 홀가분해졌어. 마음속 응어리가 풀린 것 같아."

그 순간 침묵이 흘렀다. 부드러운 파도 소리만이 찰싹찰싹 규칙적으로 들려왔다.

십원 할머니가 맨 먼저 입을 뗐다.

"음…… 이참에 하고 싶은 말이 있는데. 그게…… 정말 미안해. 내가 타이둥을 고집한 이유를 밝히지 않은 거 말이야. 실은 걱정돼서 그랬어. 다 늙어서 첫사랑을 찾겠다고 하면 나더러 뻔뻔한 여자라고 할까 봐."

"그런 말 하지 마! 사실대로 얘기했어도 같이 왔을 테니까."

아주 할머니가 말했다.

"여하튼 끝까지 곁에 있어 줘서 고마워."

십원 할머니가 말을 이었다.

"지금껏 살면서 이 일에 함께 나서 줄 사람은 너희밖에 없더라. 남편이 아직 살아 있다고 한들 이런 고민을 누구한테 털어놓겠어? 남편한테? 아들한테? 너희가 아니었으면 난 이 한을 품고 무덤까지 갔을 거야. 그러니까 아주, 이번엔 내가 네 곁에 있어 줄게! 겁낼 것 없어. 앞으로 무슨 일이 생기든지 널 응원하고 힘을 보탤게. 너희가 나한테 해 준 것처럼."

"그럼…… 나도 몇 마디 할게."

수뉘 할머니가 말했다.

"십원, 남의 남편을 빼앗는 일만 아니면 첫사랑은 얼마든지 찾아도 좋아. 더 먼 곳이었어도 내가 함께 갔을 거야! 그리고 있잖아……, 그날 난 날이 샐 때까지 호텔 로비에 앉아 있을 줄 알았어. 이 세상에 날 원하는 사람은 아무도 없다고 생각했거든. 네가 온몸이 흠뻑 젖은 채로 나타나기 전까진 말이야. 내가 사라졌을 때 날 데리러 와 준 사람은 너희가 처음이야."

수뉘 할머니가 코를 훌쩍였다.

"그 외에 아주에게 하고 싶은 말은 방금 십원이 얘기한 그대로야!"

이어서 한마디 하라는 듯 모두의 시선이 우리 할머니에게 향했다. 할머니는 말없이 고개를 숙인 채 손목에 찬 염주를 다른 쪽 손으로 만지작거렸다.

"할머니!"

내가 소리쳤다.

"어?"

우리 할머니가 고개를 들었다.

"무슨 생각을 그렇게 골똘히 하고 있어?"

수뉘 할머니가 물었다.

"미안! 요 며칠 너희랑 함께 지낸 시간이 생각나서. 정말 즐겁고 좋았어. 방금 내 젊은 시절을 떠올려 보려고 했는데, 내가 언제 이렇게 크게 웃었던 적이 있었나 기억이 안 나더라고. 누가 배고프지는 않은지, 춥지는 않은지 마음 졸일 필요 없다는 게 어떤 느낌이었는지도 잊고 살았어. 다른 사람의 생각에 구애받지 않아도 될 때 얼마나 자유롭고 편했는지는 더 까마득하고."

할머니가 모두를 바라봤다.

"지난 며칠간 웃고 싶으면 웃고, 먹고 싶으면 먹고, 힘들면 자고, 그리고 이런 비키니까지 입으니까 내가 꼭 열여덟 살 소녀가 된 것 같아. 타이베이에 돌아가고 싶지 않은 거 있지. 타이베이만 생각하면 어깨에 천근만근 짐을 짊어진 느낌이거든. 그렇다고 나한테 선택권이 있을까?"

할머니가 말을 멈췄다. 손목에 낀 염주를 만지며 한참을 고민한 뒤 다시 입을 뗐다.

"아주! 너한테 무슨 말을 하면 좋을지 잘 모르겠어. 이건 내가 수십 년간 몸에 지닌 염주인데, 기분이 안 좋을 때마다 난 아미타불을 외우며 마음을 가라앉혔어. 이제 이 염주에 내 축복을 담아서 네게 줄게. 부처님이 널 지켜 주실 거야."

할머니가 염주를 빼서 아주 할머니의 손목에 채워 줬다. 할머니의
손목에 긴 세월 눌린 자국이 알알이 남았다. 아주 할머니가 우리
할머니의 손을 꼭 잡았다.

십원 할머니가 나를 보며 물었다.

"다음 순서는?"

맞다! 우리 중에 담배 피우는 사람이 아무도 없다는 걸 잊고
있었다. 편지를 태워야 하는데…… 라이터가 없다고 나무를 비벼서
불씨를 얻을 수도 없는 노릇이었다. 불태우는 방법 말고 편지를
처리할 수 있는 방법이 있을까?

"잠시만 기다려 주세요!"

내가 재빨리 몸을 일으켰다. 열 명도 넘는 사람들에게 물어본 끝에
마침내 라이터를 빌렸다. 불을 켠 순간 말로는 표현할 수 없는 이별의
감정이 밀려들었다. 마치 우리 자신의 가슴과 작별하는 것처럼 말이다.
편지는 우리에게 둘러싸인 채 불타오르다가 서서히 재로 변했다.
모두의 마음속에 담아 둔 수많은 이야기를 싣고 가느다란 연기가
하늘하늘 허공으로 피어올랐다.

눈물을 훔친 우리 할머니가 몸에 묻은 모래를 털어 내고는 아주
할머니를 부축해서 일으켰다.

"가자!"

"어디를?"

아주 할머니가 물었다.

"가서 물놀이해야지!"

우리 할머니가 그대로 해변으로 달려갔다.

"가자! 다들 멍하니 뭐 하고 있어? 얼른 뛰지 않고!"

십원 할머니가 말했다.

비키니 차림의 할머니 넷과 뚱뚱한 여자아이 하나가 해변을 미친

듯이 달렸다. 바다를 향해서, 하늘의 거울을 향해서!

제5장

굿바이, 헛소리

살면서 뜻을 이루거든 마음껏 즐겨야지, 금술잔이 빈 채로 달을 마주하게
두면 안 된다네.

타고난 내 재주는 반드시 쓸모가 있을 테고, 천금의 재산이 다 흩어져도
다시금 돌아올 거라네.

-「장진주」, 이백(중국 당나라의 시인)

"올해의 제8호 태풍 '마리아'가 7월 7일 현재, 상당한 세력으로
발달했습니다. 기상청에 따르면 마리아는 시속 15킬로미터 내외의
속도로 북서진할 것으로 예상됩니다. 세력 또한 점점 커져서 강력

태풍급에서 초강력 태풍급에 달할 전망이며, 이후 일본 오키나와 인근 해상을 지날 것으로 보입니다. 엄청난 위력의 마리아는 올해 들어 둘째로 초강력 태풍이 될 가능성이 크며, 우리 나라에 영향을 줄 것인지는 앞으로 좀 더 지켜봐야……."

태풍이 어쩌면 우리 나라를 덮칠 수도 있다는 뉴스가 티브이에서 계속 흘러나왔다.

저녁은 티브이가 가장 바쁜 시간이다. 이제 엄마와 아빠는 나를 찾기 전에 할머니와 먼저 안부 인사를 나눈다. 아빠가 할머니에게 혹시라도 태풍이 타이둥으로 상륙해서 기차가 운행을 멈추더라도, 걱정하지 말고 다른 날 비행기를 타고 오라고 당부했다. 내가 보기에 엄마, 아빠가 할아버지 몰래 전화를 건 게 틀림없었다. 핸드폰 너머로 할아버지의 호통 소리가 안 들렸으니까 말이다. 게다가 할아버지였다면 절대로 그렇게 얘기하지 않았을 거다.

평소처럼 할머니가 할아버지에게 전화를 걸자 역시나 쩌렁쩌렁한 목소리가 들려왔다.

"여편네들이 말이야, 집을 나갔으면 돌아올 줄 알아야지. 태풍이 오는 것도 몰라? 며느리란 애는 낮엔 출근하지, 저녁에 돌아와도 집안일엔 건성이라 집이 엉망진창이야. 옷도 며칠에 한 번 겨우 빨질 않나, 심지어 내 양말을 어디에 둬야 하는지조차 모른다고. 그래 놓고선 내가 한마디 했더니 그건 또 기분 나빠하더라니까. 당신 아들은 마누라를 대체 어떻게 가르친 건지……. 태풍 때문에 채소 가격도 많이 올랐는데 당신은 살림은 나 몰라라 하고 있고. 대체 집안 꼴이 어떻게 돌아가는 건지……."

"뉴스에서 보니까, 태풍이 우리 나라로 안 올 수도 있다던데요. 더 지켜봐야 한다고……."

할머니가 우물거리며 대답했다.

"헛소리하고 있네! 태풍이 상륙하고 나면 집에 돌아올 수나 있겠어?"

"그렇지만, 십원의 친구가 우리 돌아갈 표를 벌써 구해 줬어요. 그게 모레인데……."

"당신은 맨날 그렇게 줏대 없이 남이 하자는 대로 휩쓸려 다녀서 되겠어? 기차가 얼마나 많은데! 설마 더 일찍 돌아올 방법 하나 없겠냐고!"

"하지만 십원이 그러는데, 여름 방학이라 표 구하기가 쉽지 않다고……."

"헛소리하지 말라고 해!"

할아버지의 목소리는 핸드폰 너머에서 들리는데도 유리가 웅웅 울릴 정도로 쩌렁쩌렁했다. 뒤이어 할아버지가 할머니에게 역정 내는 소리가 들려왔다. 어찌나 쉴 틈 없이 쏘아 대는지 꼭 속사포 같았다. 뭐라고 하는지 잘 들리진 않았지만 난 부아가 치밀어서 할머니에게 전화를 끊으라고 계속 손짓했다. 그런데 할머니의 모습이 심상치 않았다. 더는 할아버지 말에 대꾸하지 않은 채 정처 없이 먼 곳을 보며 실없이 웃기까지 했다. 할아버지는 전화기 너머에서 고함을 질러 댔다.

"이봐, 여보세요! 여보세요! 당신 내 말 안 들려? 나 참, 여보세요……."

할머니가 할아버지한테 너무 심하게 혼나다 못해 넋이 나갔나?

십 분 후, 할머니가 전화를 끊었다.

"할머니, 괜찮으세요?"

내가 할머니의 이마에 손을 갖다 댄 다음 다시 내 이마를 짚어 봤다.

"열은 없는데요!"

"나 아무렇지도 않아!"

"그럼 왜 할아버지랑 통화하면서 피식피식 웃으셨어요?"

난 할머니의 얼굴 코앞까지 내 얼굴을 바짝 들이밀고는 할머니의 눈을 찬찬히 살폈다. 사람이 정신적 충격으로 넋이 나가면 눈빛부터 이상해진다고 어디선가 들은 적이 있다.

"아무것도 아냐! 그냥 아침에 우리가 비키니 고르던 모습이 떠올라서 그랬어. 십원의 모습이 어찌나 우습던지. 첫 번째 비키니를 입고 나왔을 때 점원이 그랬잖아, 크기가 잘 맞는지 엉덩이를 한번 흔들어 보라고. 안 맞으면 천이 쏠릴 거라면서 말이야. 하하하! 걔가 몸을 흔드는데 온몸의 지방이 다 떨어져 나오는 줄 알았다니까! 수영복 바지가 엉덩이 한 짝도 제대로 못 가리고 살이 겹겹이 삐져나왔잖니."

할머니가 입을 가리고 정신없이 웃어 댔다.

"그리고 나도 그래, 처음에 입어 볼 땐 탈의실에서 차마 못 나오겠더라. 가슴을 훤히 내놓은 내 모습을 보니까 웃겨 죽겠더라고! 하하하! 내 평생 그런 일은 처음이라!"

내가 할머니에게 물었다.

"좀 전에 할아버지가 할머니한테 그렇게 심하게 퍼부었는데, 속상하지 않으세요?"

"하하, 마지막엔 뭐라고 하는지 하나도 안 들었어! 맨날 같은 얘기라 귀에 못이 박힐 지경인데, 뭐."

"할머니, 혹시 생각해 보셨어요? 할아버지가 이 비키니를 보면 어떻게 나오실지요."

"나한테 불같이 화를 내면서 갖다 버리라고 할 게 뻔하지!"

"하긴……."

할아버지가 노발대발해서 목에 핏대가 서고 얼굴이 벌게진 모습이 내 머릿속에 그려졌다.

"우리 그럼, 비키니는 집에 가져가지 말아요."

사실 난 속으론 가져가고 싶었지만, 할머니가 또 꾸중을 들을까 봐 겁났다. 어떤 모양의 수영복을 입을지는 우리 여자들이 알아서 할 일인데 어째서 남자들이 그렇게 불만이 많은지 난 참 알 수가 없었다. 그들이 좋아하든 말든 우리가 왜 신경을 써야 하지? 더군다나 여자보다 가슴이 큰 남자들도 있는데 그 사람들이 웃통을 벗을 때 가리라고 하지는 않잖아?

"아니! 난 챙겨 가려고."

할머니의 확고한 목소리가 내 생각을 끊었다.

"그렇지만……."

"만약 네 할아버지가 내다 버리라고 몰아붙이면, 난 이혼할 거야."

"할머니!"

내가 놀라서 소리쳤다. 할머니의 표정에서 강한 의지가 느껴졌다.

"할머니, 그건 좀 심하잖아요! 수영복 한 벌 때문에 그렇게까지……."

"난 좋아하는 물건 하나 가질 권리도 없다는 거냐?"

"그건 그렇지만, 그래도……."

"카이팅, 내가 벌써 일흔 살이란다!"

할머니가 긴 한숨을 내쉬었다.

"그거 아니? 원래 내 물건이 하나 있긴 했어. 시집올 때 친정어머니가 혼수로 해 준 금팔찌였지. 근데 훗날 나랑 네 할아버지가 지금 우리가 사는 집을 구하는 데 돈이 모자란 거야.
그래서 팔아 버렸어. 어머니가 나한테 물려준 건 그거 하나였는데
말이야. 날 볼 때마다 어머니가 왜 팔찌를 안 차고 다니냐고 물으면
망가질까 봐 잘 넣어 놨다고 둘러대곤 했어. 어머니는 팔찌가 없어진
지 오래란 걸 돌아가실 때까지도 몰랐어. 우리 가족을 위해서 그렇게
허리띠를 졸라매고 살다가 이제 좀 살 만해졌는데, 네 할아버지는
친구한테 돈 빌려주고 떼일지언정 여태 나한테 팔찌 하나 새로 안 사
주더라."

할머니가 고개를 숙인 채 손목에 난 염주 자국을 어루만졌다.

"내가 온종일 생각해 봤는데!"

계속 손목을 만지며 할머니가 말했다.

"난 한평생 다른 사람을 위해 살았더라고. 어릴 땐 부모님, 결혼한
뒤엔 가족, 늙어선 자식들이 우선이었지. 근데 나한테도 때로는
누군가가 필요하단 걸 생각해 준 사람이 있었나? 난 찬거리를 사러
가면 누가 뭘 좋아하는지 떠올리고, 물건을 사러 가면 누구한테 뭐가
필요한지 생각하는데, 반대로 날 챙겨 준 사람이 있었던가? 카이팅,
나중에 식구들한테 한번 물어보렴. 할머니가 가장 좋아하는 음식이
뭔지. 과연 알아맞히는 사람이 있을까?"

"할머니…… 죄송해요."

난 나도 모르게 눈물이 왈칵 솟았다.

"괜찮아! 새삼스럽지도 않은데, 뭐."

할머니가 웃으며 가볍게 콧방귀를 뀌었다.

"내가 집을 나와서 친구들이랑 여기 온 일만 해도 그래. 저번에
네가 네 엄마한테 얘기했던 것처럼 집안의 윗사람부터 아랫사람까지,
내 친구가 누군지 아는 사람이 아무도 없었잖아. 그러니 어떻게
여기저기 연락해 보겠어?"

할머니가 내 머리를 쓰다듬었다.

"카이팅! 지난 며칠간 네 엄마 아빠가 날마다 전화해서 나한테
안부를 묻던 거 말이야, 어떻게 된 일인지 나도 다 알아."

"할머니, 저는……."

내가 화들짝 놀랐다.

할머니가 의미심장한 눈빛으로 날 쳐다봤다.

"반성하는 게 안 하는 것보다 낫겠지. 아무튼, 난 깨달았어. 다시는
나 자신한테 미안하게 살지 않으려고! 꼭 이 비키니가 아니면 안
된다는 말이 아니야. 뭐, 앞으로 또 입을 일이 없을 수도 있고. 그래도
이건 내가 처음으로 나를 위해서 산 거니까."

할머니의 시선이 저 멀리 어딘가를 향했다.

"그리고 너도 한번 생각해 봐. 네 할아버지랑 내가 이혼하면 너희 엄마랑 아빠가 날 원하겠니, 네 할아버지를 원하겠니? 난 밥도 하고 집안일에 손주들까지 챙길 수 있지만, 네 할아버지는 할 줄 아는 게 뭐야? 공원에서 장기나 두고 남 트집이나 잘 잡지. 학교에 손주 데리러 가는 것도 못 하겠다고 하잖아. 아무것도 못 하면서 무슨 자신감으로 줄기차게 다른 사람을 욕한다니? 만약에 내가 갈라서자고 나서면 네 할아버지 쪽에서 겁내야 맞지! 설사 너희 아빠가 아버지를 모시고 살겠다고 해도 난 남의 애 봐 주고 밥해 주면서 돈 벌면 돼! 난 쓸모 있는 사람이니까!"

"할머니!"

난 그때 처음 알았다. 결심을 굳힌 사람의 표정이 얼마나 멋진지. 내가 할머니를 꼬옥 껴안았다.

"할머니, 정말 멋져요! 할머니한테는 친구만 있는 게 아니라 저도 있어요. 저는 할머니가 좋아요. 할머니가 비키니를 지킬 수 있게 저도 도울게요."

***

역시나 오 분도 안 지나서 할아버지한테서 또 전화가 왔다.

"내가 좀 전에 기차표 바꾸라고 한 거 말이야, 그 십원인가 뭔가 하는 당신 친구한테 얘기하긴 했어?"

통화가 연결되자마자 대뜸 할아버지의 목소리가 들려왔다.

"그 친구 이름은 류수위안이고, 우리는 다들 십원이라고 불러요. '그 십원인가 뭔가'가 아니라요."

"십 원이든 구 원이든 알 바 아니고, 앞으로 그 여편네랑 작작 어울려. 남편 없는 여자야 아무 데나 싸돌아다녀도 뭐라 하는 사람이 없겠지만, 당신은 남편도 있는 사람이 대체 뭐 하는 짓이야!"

할머니는 아무런 대꾸도 하지 않았다.

"당신, 벙어리야? 사람이 말하는데 대답할 줄 몰라?"

"있잖아요, 우리 오늘 수영복을 사러 갔었어요."

"그래서, 기차표 바꿨어, 안 바꿨어?"

"십원이 수영복을 입어 보는데 어찌나 우습던지! 우리도 다들 입어 보면서 웃느라 난리였어요. 나는 진한 초록색 바탕에 가슴 쪽에 주름이 잡힌 비키니로 샀어요."

"뭐가 가슴에 주름이 잡혔다고?"

"비키니요!"

"내 말 듣고 있어? 무슨 뚱딴지같은 소리야? 비키니는 또 뭐야?"

"당신도 내 말 안 듣고 있으면서! 내가 방금 말했잖아요, 비키니는 수영복이라고요! 상의랑 하의가 떨어진 수영복이요!"

"아이고! 다 늙어서 그 나이에 수영복을 사러 갔었다고? 그것도 경박한 여자들이나 입는 걸 사다니, 남부끄럽게! 허튼소리 하지 말고 내일 가서 도로 물러와!"

"싫어요!"

할머니가 그렇게 나올 줄 예상하지 못한 듯 할아버지가 순간 말을 잃었다.

"뭐라고?"

"싫다고요!"

"이 여편네가 정신이 어떻게 된 거 아냐? 여자면 여자답게 처신해야지. 날라리 같은 여자들하고 어울리더니 이제는 완전 제멋대로구먼."

"여자는 어떻게 해야 하는데요? 여자다운 건 뭐고요? 여자는 뭐, 사람 아니에요?"

"민망하지도 않나, 일흔 살이나 먹고 가슴을 훤히 내놓다니. 안 물러올 거면 집에 오지 마!"

"헛소리 좀 그만해요! 끊어요!"

할머니가 말을 마치고는 전화를 끊어 버렸다.

하하하하! 내가 침대를 뒹굴며 배를 잡고 웃어 댔다.

우리 할머니, 되게 멋진데!

에필로그

굿바이, 타이둥

현재에 너무 집착할 필요도 없고, 미래를 너무 걱정할 필요도 없다.

이런저런 일들을 겪고 나면,

눈앞의 풍경이 이미 예전과 달라 보일 테니까.

−무라카미 하루키

〔7월 8일〕 타이둥: 맑음.

타이둥까지 와서 루예 언덕의 열기구를 안 보면 평생 아쉬워할

테고, 만약 그 열기구에 올라 쭝구 평원 전체를 내려다볼 수 있다면

평생 못 잊을 거다.

루예 언덕은 루예향 융안촌에 있다. '루예'라는 지명이 생긴 데에는 두 가지 얘기가 전해 온다고 파나이 할머니가 말했다. 하나는 옛날에 이곳에 꽃사슴 무리가 서식해서 '루예'(중국어로 사슴 들판을 뜻한다.)라고 불린다는 거다. 또 하나는 일제 강점기에 일본인들이 이곳에 이민촌을 만들어 니가타현 가노(일본의 지명으로, 한자가 루예(鹿野)와 같다.)의 농민을 이주시켰는데, 당시의 지명이 '루랴오'였다가 훗날 루예로 바뀌었고 해방 후에도 계속 같은 이름을 쓰고 있다는 거다. 다만 온전히 기록된 역사 자료가 없어서 둘 중에 어떤 유래가 맞는지는 확실하지 않다고 했다.

우리는 아침 일찍 언덕에 도착했다. 이른 시간인데도 열기구들이 벌써 하늘에 떠 있었다. 푸른 초원이 드넓게 펼쳐져 있고 가지각색의 화려한 열기구가 파란 하늘을 가득 수놓은 모습이 그야말로 장관이었다. 열기구는 새벽이나 해 질 무렵에만 하늘에 띄울 수 있다고 마야오 할아버지가 설명했다. 하루 중 그때만 기류가 비교적 안정적이기 때문이었다.

파나이 할머니가 지인에게 부탁해서 우리를 열기구에 태워 줬다. 우리는 신나면서도 몹시 긴장했다. 고소 공포증이 있는 수뉘 할머니가 십원 할머니의 팔뚝을 꼭 붙잡았다. 그렇다고 두 분이 서로 친해졌다고 생각하면 큰 오산이다. 수뉘 할머니는 우리 중에 자기가 기댈 수 있을 만큼 강한 사람이 십원 할머니밖에 없다는 걸 너무나 잘 알아서 그런 것뿐이니까. 나는 한 손으로는 우리 할머니를, 다른 한 손으로는 아주 할머니를 잡았다.

열기구가 공중으로 천천히 떠올랐다. 위에서 내려다보는 시야가 점점 트이더니 처음 느껴 보는 광활함이 펼쳐졌다. 파란 하늘과 흰 구름 아래 펼쳐진 들판은 짙고 연한 녹색의 퍼즐 같았고, 초원 위의 사람들은 풀밭 사이를 알록달록 장식한 꽃송이들처럼 보였다. 내 눈으로 그런 멋진 경관을 보고 있자니 세상을 한 손에 쥘 수 있을 듯한 짜릿함이 느껴졌다.

〔7월 9일〕 타이둥: 맑음, 타이베이: 오후에 소나기.

돌아가는 기차 편은 점심 무렵이었다. 마야오 할아버지와 파나이 할머니가 우리를 태우러 오기 전에 할머니들이 서둘러 나를 데리고 속옷 가게에 갔다.

가게 앞에서 아주 할머니가 나를 품에 안았다.

"카이팅! 들어가서 너한테 맞는 속옷을 골라 보자. 내가 주는
선물이야. 이번에 네가 정말 큰 도움이 됐어. 집에 돌아가면 내 인생의
새로운 단계가 시작될 거야."

"폐를 끼칠 수 있나! 내가 사 주면 돼."

우리 할머니가 말했다.

"쓰잉, 사양하지 말아 줘. 카이팅에게 생애 첫 브래지어를 선물하는
게 내 소원이야."

덩치가 큰 나와 할머니들이 한꺼번에 몰려 들어가자 조그만 가게가
꽉 찼다. 우리 할머니가 점원에게 물었다.

"이만한 여자아이는 어떤 브래지어를 입어야 해요?"

점원이 내 가슴을 살펴보더니 면 재질의 속옷을 할머니에게
내밀었다.

"이런 어린이용 속옷이 잘 맞을 거예요."

점원이 나를 향해 웃어 보이며 말했다.

"다들 참 생각이 깨어 있으시네요. 브래지어는 가슴이 다 자란 후에
입는 거라고 잘못 알고 있는 학부모들도 있거든요. 사실 여자아이들은
가슴이 나오기 시작하면 부끄럽고 몸을 두렵게 느끼기 쉬워요.
심하면 자신감을 잃기도 하고요. 그래서 이런 어린이용 속옷이

필요해요."

점원이 말했다.

그거 완전 내 얘기잖아?

난 속옷을 들고 탈의실 커튼을 열어젖혔다. 탈의실은 작고
네모났다. 미세하게 일렁이는 형광등 불빛이 하얀 벽에 부딪혀 은은한
빛을 뿜었다. 정면에 커다란 거울이 있고 그 앞엔 의자가 하나 놓여
있었다.

난 의자에 앉아 지난 며칠간의 환상적인 여행을 되새겼다. 정수리
위의 형광등 불빛이 쉴 새 없이 흔들렸다.

그렇게 얼마나 앉아 있었을까? 난 일어나서 옷을 벗으며 내 모습을
힐끔 쳐다봤다. 지금껏 내 몸을 제대로 살펴본 적이 한 번도 없었다.
조금씩 크고 있는 몸을 보고 있자니, 뭔가 낯설면서도 익숙한 느낌이
들었다. 다시 자세히 들여다보니 거울 속 모습이 내가 기억하던 내
모습보다 키가 크고 더 마른 데다 좀 더 예뻐진 듯했다. 저게 정말
나야? 분명히 나랑 똑같이 생기긴 했는데…….

그렇게 보고 또 보다가 문득 깨달았다.

"거울아, 거울아! 세상에서 누가 제일 예쁘지?"

마법의 거울은 대답이 없었다.

난 속으로 깜짝 놀랐다.

'누구야? 지금 누가 얘기하는 거야?'

내가 당황해서 주변을 둘러봤지만, 형광등이 뿜어내는 약한 불빛 말고는 아무것도 없었다. 난 숨을 깊게 들이마시며 마음을 가다듬었다. 사실 그건 내 입에서 나온 소리라는 걸 나도 잘 알고 있었다.

엄마가 매번 옷을 사 온 뒤에 툴툴거리던 일이 떠올랐다. 왜 가게에서 입어 봤을 땐 더 예뻐 보였을까 하면서 말이다. 그 이유를 이제 나도 알겠다. 가게에 있는 거울은 죄다 마법의 거울이라서 엄마도 거기 비친 자기 모습을 보고 예쁘다고 생각했던 거다.

거울 속의 나를 향해 나도 모르게 손을 뻗었다. 차갑고 평평하고 딱딱해서 내 몸의 감촉을 느낄 수 없었다. 고개를 숙여 거울 앞의 내 몸을 봤다. 바지 밖으로 살이 한 겹 삐져나왔고 허리 위쪽에는 작은 가슴 두 덩이가 불룩 튀어나와 있었다. 조심스럽게 만져 보니 따뜻하고 매끄럽고 부드러웠다.

문득 울고 싶은 기분이 들었다. 가슴 때문에 창피했던 기억이 떠올라서가 아니었다. 내가 이미 나의 가슴을 사랑하게 됐다는 사실을 깨달아서였다.

할머니들의 비키니도 떠올랐다. 비키니를 입어 볼 때 거울에
비친 자기 모습을 보고 할머니들은 어떤 기분이었을까? 할머니들이
비키니를 입은 이유와 의미는 저마다 다를 거다. 나도 미래의 언젠가
특별한 비키니를 고르게 될까? 그건 잘 모르겠다. 하지만, 지금 나는
분홍색 꽃무늬 브래지어를 입고 있다.

커튼 밖에서 수뉘 할머니의 목소리가 들려왔다.

"카이팅! 변기에 빠지기라도 했니?"

"뭐야, 저 안에 변기가 어디 있다고!"

십원 할머니가 말했다.

"말귀 좀 제대로 알아들어. 진짜 변기를 말하는 게 아니잖아!"

수뉘 할머니가 눈을 흘기며 설명했다.

"잘 입어 보고 있어?"

우리 할머니가 물었다.

"내가 좀 봐 줄까?"

아주 할머니도 물었다.

"아니에요! 금방 나가요!"

나는 한 번 더 거울을 힐끗 보며 윗옷을 입었다. 마법의 거울처럼

목소리를 깔며 내가 말했다.

"거울아, 거울아! 세상에서 누가 제일 예쁘지?"

이어서 거울에다 내 귀를 갖다 댔다.

"누구? 누구라고? 아니야, 내가 알려 주지! 여자는 누구나 다 예뻐.
네가 어떻게 생각하든 상관없이!"

난 커튼을 열고 성큼성큼 걸어 나왔다.

"할머니, 저 나왔어요!"

커튼 밖은 타이둥의 아침 햇살이 쏟아져 들어와 온통 반짝이는
황금빛으로 물들어 있었다.

우리 다 함께 용감하게 인생에 맞서요.

얼마 전에 한 친구가 단체 메신저 방에 글을 올렸습니다.

'사랑하는 친구들아, 나 유방암 2기야. 걱정하지 마, 마음의 준비는 단단히

마쳤으니까. 다들 안심해.'

아픈 친구가 오히려 우리를 안심시키다니!

우리는 별다른 말 없이 위로의 이모티콘을 줄줄이 보냈습니다. 우리가

보내는 이모티콘이 아무리 예뻐도 따뜻한 마음은 안 느껴지겠만, '다들

안심해.'라는 한마디에는 두터운 우정이 느껴졌습니다. 그 친구는 '굳이 말하지

않아도 너희가 날 걱정하는 거 알아.'라고 생각했던 거죠.

  몇 차례의 항암 치료를 마친 뒤, 우리는 그 친구와 만나 밥을 먹었습니다.
다 같이 음식을 잔뜩 시켜서 먹고, 마시며 치료 과정에 얽힌 이야기를 나누고
가발 때문에 난처했던 일화를 들으며 웃었습니다. 그때도 우리는 따로
위로의 말을 건네지는 않았습니다. 헤어질 때 그 친구를 아주아주 꼭 안아
준 게 전부였죠. 마치 우리가 한 몸처럼 느껴질 정도로요. 그러면서 그 친구의
귓가에 가만히 말했습니다.

  "우리가 필요하면 언제든 알려 줘."

  사실 그 친구만이 아니라 나의 수많은 여성 친구가 지금 이 순간에도

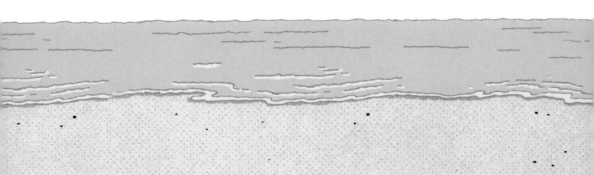

인생의 각종 고난과 마주하고 있습니다. 몸이 아파서, 생이 얼마 남지 않은 부모님을 돌보느라, 부부간 혹은 자녀와의 문제를 해결하느라……. 결국 친구들은 우울감과 실망감에 빠지고 말았지요.

　저는 남자가 아니라서 남자들의 인생 과제가 여자보다 많은지 적은지는 잘 모르지만, 그래도 한 가지는 분명히 압니다. 오로지 여자만이 여자를 이해할 수 있다는 사실을요.

　이 작품을 통해 소녀들에게 하고 싶은 말이 있습니다. 살다 보면 배워야 할 게 수없이 많겠지만 고생 뒤의 달콤함은 그 무엇도 대신할 수 없다는 점, 그리고 가장 중요한 건, 우리가 버틸 수 있게 힘이 되어 줄 여자들 간의

우정이 꼭 필요하다는 점입니다.

　그러니 어서 가서 마음을 나눌 친구들을 사귀세요. 그리고 그들과 함께
씩씩하게 인생에 맞서는 거예요!

　나의 절친들에게 이 책을 바칩니다.

　세월이 흘러도 우리는 언제까지나 친구일 테고, 매일 날이 밝듯이 난 항상
너희 곁에 있을 거란다.

-작가 펑수화 드림

일러두기
· 괄호 안 설명은 옮긴이의 보충 설명입니다.
· 등장인물의 이름, 지역명, 음식명 등은 중국어 발음을 살려 표기했습니다.

웅진주니어

할머니들의 비키니 여행

초판 1쇄 발행 2024년 7월 26일 | **초판 4쇄 발행** 2024년 11월 18일 | **글** 펑수화 | **그림** 도아마 | **옮김** 류희정

발행인 이봉주 | **편집장** 안경숙 | **편집** 권희정 | **디자인** 장예지

마케팅 정지운, 박현아, 원숙영, 김지윤, 황지영 | **제작** 신홍섭 | **국제업무** 장민경, 오지나

펴낸곳 (주)웅진씽크빅 | **주소** 경기도 파주시 회동길 20 (우)10881 | **문의전화** 031)956-7402(편집), 031)956-7569, 7570(마케팅)

홈페이지 www.wjjunior.co.kr | **블로그** blog.naver.com/wj_junior | **페이스북** facebook.com/wjbook

트위터 @new_wjjr | **인스타그램** @woongjin_junior | **출판신고** 1980년 3월 29일 제406-2007-00046호

원제 奶奶們的比基尼 | **한국어판 출판권** ⓒ 웅진씽크빅, 2024 | **제조국** 대한민국 | **사용 연령** 7세 이상

글 ⓒ 펑수화, 2024 | 그림 ⓒ 도아마, 2024

奶奶們的比基尼
Texts ⓒ2021 Su-Hua Peng
First Published in Taiwan by LITTLE SOLDIER PUBLISHING COMPANY LTD.
This Korean edition published by arrangement with LITTLE SOLDIER PUBLISHING COMPANY LTD., through LEE's Literary Agency and Arui SHIN Agency
Korean Translation Rights ⓒ WOONGJIN THINKBIG CO., LTD.

웅진주니어는 (주)웅진씽크빅의 유아·아동·청소년 도서 브랜드입니다.
이 책의 한국어판 저작권은 Arui SHIN Agency과 LEE's Literary Agency를 통해
LITTLE SOLDIER PUBLISHING COMPANY LTD.와의 독점계약으로 웅진씽크빅에 있습니다.
본 저작물은 저작권법에 의해 한국 내에서 보호를 받는 저작물이므로 무단전재와 무단복제를 금합니다.

ISBN 978-89-01-28285-5 04800 · 978-89-01-28551-1(세트)

• 잘못 만들어진 책은 바꾸어 드립니다.

⚠ 주의 1. 책 모서리가 날카로워 다칠 수 있으니 사람을 향해 던지거나 떨어뜨리지 마십시오.
      2. 보관 시 직사광선이나 습기 찬 곳은 피해 주십시오.